文春文庫

君がいない夜のごはん

穂村 弘

文藝春秋

目次

単行本　2011年5月　ＮＨＫ出版
DTP制作　エヴリ・シンク

君がいない夜のごはん

賞味期限

こんな詩を書いたことがある。

牛乳
カップに唇をつけたとたんに、牛乳が真っ黒になって驚く。
反射的に時計をみると零時。
賞味期限が切れたのだ。

空想である。

本当に真っ黒になったわけではない。

でも、こういう仕組みだったらいいのに、という希望的な空想だ。

何故《なぜ》そう思うのかと云うと、私は自分の鼻や舌に全く自信がないのだ。

中学二年のときに友達のイハラくんのうちで牛乳を出されたことがある。イハラくんはひと口飲むなり、うっぷと云って顔を拭《ぬぐ》った。

「こら、あかん。腐っとるわ」と彼は云った。

私は呆然として目の前のコップをみた。空っぽだ。

「おめー、全部、飲んでまったんか？」

イハラくんは呆れたように云った。

「あああ」と私は云った。

腐った牛乳を一気に飲んでしまったという恐怖。それ以上に、自分が全くそれに気づかなかったことのショック。

「味でわからんのか」とイハラくんは云った。

「味……」と私は思った。

なんというか、私は友達の家で腐った牛乳が出てくる可能性など考えたこともなかったのだ。脳みその思い込みの前に、私の鼻や舌は眠っているも同然だ。

そんな自分を省みて思う。今日に至るまで、私は何度も牛乳を飲んできた。だが、もしかすると「本当に」飲んだことはなかったのかもしれない。

牛乳に口をつけることを「きっかけ」として、脳内に予《あらかじ》め用意されている「牛乳の味」を再現しているだけなんじゃないか。

その証拠に、今日の牛乳はおいしいとかまずいとか、新鮮とか腐りかけとか、個体差を感じた記憶がない。私の牛乳はいつも同じ「牛乳の味」なのだ。

初めて山羊《やぎ》の乳を飲んだとき、「ちょっと臭みがある」と思った。でも、そのときは事前にこれは山羊の乳だという情報が与えられていた。山羊の乳には「ちょっと臭みがある」筈だと思った脳が、いつもの「牛乳の味」に勝手に臭みを付け加えたのではないか。山羊の乳だと知らなければ、それは「牛乳の味」だったのではないか。

誰かが家に忍び込んで牛乳のパックの中身を米のとぎ汁と入れ替えても、私にはわからないかもしれない。

こんなことではとても戦国武将にはなれない、と思う。簡単に毒殺されてしまうだろう。戦国武将にならなくてもいいのだが、しかし、日常生活にも困ってしまう。

夏の朝起きて、カレーが鍋に残っていると緊張する。これが腐っていても絶対に私にはわからない、と思うのだ。

まだ食べられるのか、もう駄目なのか。腐っていると腐っていないの境界線はどの程度はっきりと引かれているのか。全てに自信が持てない。

唯一の頼りが賞味期限というデジタルな情報なのだ。

いつだったか、グレープフルーツをくるくる回しながら日付を探していて驚かれたことがある。

「そんなの書いてあるわけないでしょう?」と妻は云った。

「そうなんだ。知らなかった」と私は云った。

今度から家中の食べ物にマジックで賞味期限を書いて貰《もら》うことにしよう。カレーの鍋には日付の旗を立ててください。

脳で食べる

前回、こんな風に書いた。

今日に至るまで、私は何度も牛乳を飲んできた。だが、もしかすると「本当に」飲んだことはなかったのかもしれない。牛乳に口をつけることを「きっかけ」として、脳内に予め用意されている「牛乳の味」を再現しているだけなんじゃないか。

ここまで極端ではないにしても、「脳で食べる」のは私だけではないと思う。皆けっこうそうなんじゃないか。

例えば、カレー。

「よーし、今夜はカレーにしよう。あの店のインドカレーはおいしいからなあ。カレー、カレー」と楽しみにしてきて、「あの店」がお休みだったとき、私たちはショックを受ける。

そこには普通の意味で期待が裏切られたという以上のニュアンスがあると思う。全身の感覚がすっかり「あの店のインドカレー」受け入れモードになっていて収まらない。私は諦《あきら》めてもいいのだが、脳が諦めてくれないのだ。

この状態から、じゃあ、お寿司にしよう、と方向転換するのは簡単ではない。普段は大好きなお寿司も、いまひとつ魅力を発揮しきれない。お寿司ではカレーからの「距離」が遠すぎる。うーん、今日はちょっとなあ、という感じで、すっかりカレー色に染まった脳が、この「距離」を受け入れてくれないのだ。

こんな場合、「お寿司、お寿司、おいしいお寿司、トロはとろーり、ウニはこっくり」などと何度も唱える必要がある。新たにイメージをつくり直すことでお寿司の良さをアピールして、脳の説得を試みるのだ。

「カレー、カレー、おいしいカレー、ほっほと熱い、ぴりりとうまい」とまだカレーにこだわっている脳に「お寿司、お寿司、おいしいお寿司、トロはとろーり、ウニはこっくり」の呪文を流し込む。

すると、ふたつのイメージが脳内で戦いを始める。

「カレー、カレー、ほっほと、とろーり、うまいよ、トロは、カレーが、おいしい、お寿司の、ぴりり、こっくり、ほっほ、ウニは熱くて、とろーり、ほっほ、おいしいおカ司、寿レーはうまい、ほっほとうまい、カレーはうまい、やっぱりカレー、カレー、カレー！」

だ、駄目だ。

説得は失敗だ。

こうなったらもう諦めるしかない。

カレーを求めてどこまでも夜の街を彷徨《さまよ》うのだ。

このような脳の柔軟性には個人差があると思う。どうやら私の脳は柔軟性に欠けているようだ。

その証拠に生ハムメロンになかなか慣れることができない。生ハムとメロンという異質なもの同士の組み合わせが斬新というか高度すぎて、脳がついていけないのだ。

この微妙な変さがいいんだ、と思おうとしても、脳は納得しない。

「うんにゃ。気持ち悪い。剝《は》がして別々に食う」と云い張る。

ちぇっ、ださいなあ、と思いつつ、私は仕方なく生ハムをメロンからぺりぺりと剝がして食べている。

忌野清志郎は生前に或《あ》るインタビューのなかで語っている。

「生ハムメロンを初めて食べたとき、こんなおいしいものがあったのか、と思って感激したぜ」

さすがはロックンローラーだなあ、と感心した。未知への感受性が素晴らしい。

それにひきかえ私の脳は昔気質《むかしかたぎ》で困る。生ハムメロンどころか、ハーブティーにも駄目出しをしてくるのだ。

「味がしない。まともな飲み物とはとても思えぬ。葉っぱのゴミなんではないか」と脳はぶつぶつ云う。

「いや、このすーすー感が優雅なんだよ。リラックス効果もあるんだってさ」と私はなんとか宥《なだ》めようとする。

「騙《だま》されておるのじゃ。こんなゴミのお湯を有り難がるとは情けない」

なんて口の悪い脳だろう。

ハーブティーも生ハムメロンもこんなにおいしい（筈な）のに。

我がダイエット

このところ自分の標準体重を四、五kgオーバーしている。ダイエットしなくては、という声が心のどこかでいつも鳴り響いている。

だが、食欲は突然やってくる。明け方にケーブルテレビの「新・サインはV」をみていると不意に甘いものが欲しくなる。本当はチョコレートが食べたいのだが、我慢して代わりに「五穀米《ごこくまい》シリアル」にする。これならローカロリーで栄養があってほの甘い。牛乳をかけるとカロリーが高くなってしまうので、そのまま袋に手を突っ込んでばり、ひと袋食べきってしまった。

牛乳なしの「五穀米シリアル」をこんなに食べるなんて信じられない。最初のばりばりばりばりくらいまでは確かに自分の意志だった筈がその次のばりばりばりばり辺りで食欲に心を支配されてあとはもうばりばりばりばりばりばりばりおそろしい。だが、食べても食べても「ほの甘い」は「ほの甘い」で、どこまでいっても「甘い」を欲する気持ちは充《み》たされない。

胃が小さくなるまでが勝負だ、と思う。数日間を小食で過ごすことができれば、胃が縮んで自然にカロリー摂取量が減り、標準体重に戻る筈だ。だが、「数日間を小食で過ごす」が簡単にいかない。思わぬところからの妨害が入るのだ。例えば、サイン会のときに読者の方から六個入り「ミニあんパン」などを頂いてしまう。普通はこういうとき「ミニあんパン」はあんまりもって来ないのではないか。でも何故だか、私はよほどの甘いもの好きだと思われているらしい。当たりだ。困る。

「ミニあんパン」の「あん」や「パン」もさることながら、特に「ミニ」が曲者《くせもの》なのだ。今日は沢山《たくさん》サインをして疲れたから、まあ、一個くらいいいか「ミニ」だし、という流れで最初の一個に手が伸びやすい。我慢できずに電車のなかで封を切ったら、もう止まらない。はっと気づいたときには下車駅が近づいている。そして手のなかにはすっかり軽くなった袋が……、おそるおそる探ってみる。自分でも何個食べたかわからないのだ。この手触りから残りは、ひとつ。ということは六ー一＝五個も食べてしまったのか。どうしてひとつかせめてふたつで止めておかなかったのか。御茶ノ水〜西荻窪間の車内で「ミニあんパン」を五個食べる成人男子がこの国に何人いるだろう。「ミニあんパン」食いワールドカップの日本代表候補だ。激しい虚脱感に襲われる。

「ミニ」には最初のひと口を誘う「魔」が潜んでいる。

だが或る日のこと、私はとうとう「魔」と戦うための呪文を発見した。きっかけになったのは、偶然みた格闘技のテレビ番組だ。出場選手にはひとりひとりキャッチフレーズがついている。「野獣」「闘神」「鉄の拳」「テコンドー世界王者」「反逆のカリスマ」などなど。どれも強そうだ。

ところがそのなかにひとりだけ異質なキャッチフレーズの持ち主がいた。その名は「減量14kg」。それって……、かわいそうじゃないか。周囲のみんなが「野獣」とか「反逆のカリスマ」なのに「減量14kg」。その由来は「試合までの三週間で14kg減量したため」らしい。まんまじゃないか。もともとの出場予定選手が怪我をして彼のところにオファーが来たのが三週間前で、しかも本来のウエイトよりもずっと下の階級だったからそういうことになったらしい。

私はどきどきしながら彼の試合をみた。対戦相手のキャッチフレーズは「シドニーオリンピック銀メダリスト」。あまりの落差に目眩《めまい》がする。予想通り「銀メダリスト」の強打の前に「減量14kg」は二分ほどでノックアウトされてしまった。あっという間だ。解説者は云った。「いつものキレがありませんでしたね」。そりゃ、そうだろう。立ってるだけでふらふらなんだよ。

そもそも「シドニーオリンピック銀メダリスト」と「減量14kg」では、最初から勝負は決まっているようなものだ。あんまりだと思った私は、彼に自分だけのキャッチフレーズを与えることにした。その名は「ハングリーウルフ」。

彼は試合には負けたかもしれないが、自分自身との戦いには勝ったのだ。その道のりを思えば、わずか五kgのダイエットができない筈はない。襲いくる食欲の誘惑に負けそうなとき、私は心のなかで懸命に唱えつづける。ハングリーウルフ、ハングリーウルフ、偉大なる減量達成者よ。我に「ミニあんパン」と戦う勇気を与えよ。

ショコラティエとの戦い

寝る前に布団の中で、パティシエ、と小さく呟《つぶや》いてみる。

パティシエ、パティシエ。

よし、OKだ。

それから、あれだ。

えーと、うーと、あーと、ショ、ショ、ショコラティエ!

ショコラティエ、ショコラティエ。

よし、云えたぞ。

危ないところだったけど、なんとか思い出せた。

大丈夫だ。

僕はまだ、ついていけてるぞ。

どこからでもかかってこい。

実際にパティシエやショコラティエが私に「かかってくる」ことはないのだが、こちらはそれくらい追いつめられているということだ。

ソムリエという言葉を初めてきいたのはいつだったろう。それからパティシエという言葉をきくまでには十年以上の年月があった。ところが、パティシエからショコラティエまでは数日しかなかったのだ。一体どういうことなんだ。加速しているじゃないか。

私はパスタとの苦しかった戦いを思い出す。

ナポリタンとミートソース、その二種類のスパゲティを食べ続けて我々は何十年も平和に暮らしてきたのだ。ところが或る日、カルボナーラとかボンゴレなどというものたちが現れた。それらはパスタという食べ物だという。

実際にみて驚いた。こいつらスパゲティと瓜二つじゃないか。それとも私の目には西洋人がみんな同じにみえるように、パスタとスパゲティは実は別の種族なのか。わからない。

カルボナーラやボンゴレのうちはまだよかった。やがてタリアテッレ・ゴルゴンゾーラとかアーリオ・オーリオ・ペペロンチーノなどというミドルネームだかをもつものたちが現れたのだ。私は歯を食いしばって覚えた。

ところが、さらに数年後、ペンネ、ラヴィオリ、コンキリエ、ファルファッレたちを紹介された。ショートパスタという一族だ。あわわわわ。イタリア人のサッカーチームに一度に握手を求められても、とても名前を覚えられないよ。

もしも私が絶対的な権力者だったら、君らは全員マカロニだ。マカロニ1号、マカロニ2号、マカロニ3号……、だが、残念ながら私は権力者ではなかった。全員の名前を覚えようとして、ときどき間違えては、あ、ごめんね、と謝った。

その後も、さまざまな局面で戦いは激しくなる一方だった。

ミルク・コーヒーとカフェ・オ・レとカフェ・ラ・テとカフェ・クレームは四人姉妹かと思ったら、化粧がちがうだけのなんと同一人物だった。道理で似てると思ったよ。でも、どうして名前を使い分けるのだろう。「京都にいるときゃ忍《しのぶ》と呼ばれたの、神戸じゃ渚《なぎさ》と名乗ったの」という昔の歌謡曲を思い出す。

ヴィシソワーズに初めて会ったときも驚いた。確かに以前どこかで……。そうだ、私が子供の頃、家にあった『暮しの手帖』の記事で「じゃがいもの冷たいスープ」として紹介されていたのだ。古い知り合いと再会したような気分になって思わず、「やあ、君、『じゃがいもの冷たいスープ』じゃないか」と呼びかける。

だが、「失礼ね」とそっぽを向かれてしまう。「私を日本人と間違えるなんて」

「し、失礼しました。マドモワゼル・ヴィシソワーズ」

別人だったのか。

しかし、似ている。

あの娘に生き写しだ。

電車のなかで、カッペリーニ、カッペリーニと繰り返し呟いているおじさんをみても、くすくす笑ったりしてはいけません。彼は彼なりにぎりぎりで戦っているのです。笑われたりしたら、「うわーん、マカロニ1号、マカロニ2号……」と叫び出すかもしれません。

※「昔の名前で出ています」作詞・星野哲郎　作曲・叶弦大

酔っぱらい様の謎

私は酒屋の上に住んでいる。詩人の城戸朱理さんによれば、大家さんでもあるその酒屋は都内でも五本の指に入る名店とのことだ。店内にはいろいろな地方のお酒がずらっと並んでいて、名前をみているだけで楽しい気分になる。

だが、残念なことに私はお酒が殆《ほとん》ど飲めないのだ。生ビールを小ジョッキに一杯飲むとふらふらだ。父親は結構飲むひとなのに遺伝しなかったらしい。

子供の頃、夜中に酔っぱらって帰ってきた父に揺り起こされたことがある。

寝ぼけ眼《まなこ》の私に向かって「みてろ、いいか？」と云うなり、彼はコップの水を口に含んで上を向き、そのまま、ぴゅーっと吹き上げて云った。

「くじら」

リアクションできなかった。

あのー、顔が水浸しなんですけど……。

普段は生真面目で冗談ひとつ云わない父の、これが私が覚えている限り生涯唯一のギャグである。

また、友人のMは酔っぱらうとタクシーに触ろうとする。これはとても危険な癖《くせ》だ。タクシーに向かって手をあげながら歩き出すので、当然、相手は呼ばれたのかと思って近づいてくる。でも、Mはタクシーに乗りたいんじゃなくて触りたいだけ。自分の前で止まった車のウインドウやボディにぺたぺた触りまくる。

運転手は怒る。

Mは喜ぶ。

私は困る。

どうしてそんなことをするのか、とMに訊《き》くと、どろんとした目でしばらく考えてから、こう云った。

「タクシーに、触りたいんだ」

……そうですか。

酔っぱらい様の考えは理解できない。

「記憶をなくしちゃった」というのもよくきく話だが、信じられない気がする。三日に一度はどうやって家に帰ったか覚えていないような人生を送っていて、どうしてこのひとはまだ生きてるんだろう、と思わず顔をみてしまう。

私だったらとっくに死んでいる、と思う。

おっとっと、あぶないあぶない、こっちこっち、そうそう、ほら、もうちょっとで家だぞ、よしよし、がんばれ、うんうん、とうちゃーく、という感じで天空から念力を送って貰えるとか。

以前、作家の角田光代さんと対談形式のトークショーでご一緒したことがある。そのとき、私がさまざまな酔っぱらいの謎について語っていると、お酒好きの彼女にこう云われた。

「でも、お酒飲まないひとにも謎がありますよね」

「え、飲まないひとに謎なんかありますか？」

「ええ」

「どんな？」

「お酒飲まないでどうやって女の子と仲良くなるの？」

一瞬、返事に詰まる。

なるほど。

確かに、恋愛とかセックスに関しては酔っぱらい様が圧倒的に有利だ。

「飲まないふたり」に比べて「飲むふたり」の接近チャンスは数倍。

接近スピードは数十倍かもしれない。

「お酒の勢い」が全てに力を貸してくれるのだ。
一方、飲まない男子が飲まない女子を素面《しらふ》でくどくのは難しい。
そのやり方を公衆の面前で説明するのはもっと難しい。
にこにこしている角田さんの前で、私はむううっと唸《うな》りながら固まっていた。

コンビニおにぎりの進化

或るパーティで年輩の作家の方とご一緒したときのこと、デザートのケーキを食べながら彼は云った。

「戦争が終わって初めて砂糖をみたとき、子供だった僕は思ったよ。白いなあってね。それから舐《な》めてびっくりした。甘いなあって」

なんとなく圧倒される。そして、ちょっと羨《うらや》ましい。羨ましい、と云ってはいけないのかもしれないが、戦争も飢餓も知らない私には、食べ物に関しての、そういうレベルでの衝撃的な体験がないのだ。

「じゃあ、それまではどんなおやつを食べてたんですか。甘いものって全くなかったんですか。『甘い』ってこと自体知らなかったんですか。初めてケーキを食べたとき、どう思いましたか」

思わず矢継ぎ早に問いかけてしまった。作家さんはそのひとつひとつに丁寧《ていねい》に答えてくれた。そして最後に「生まれたときからケーキやアイスクリームを食べている君らが羨ましいよ」としみじみ云った。でも、どう応えていいのか、わからない。自分たちが恵まれているという実感がないのだ。

立場を変えて考えてみると、私が平成生まれの若者たちに語れるのはこんな話だ。

「コンビニエンスストアのおにぎりを久し振りに食べたとき、私は思ったよ。袋が開けやすいなあってね。それから齧《かじ》ってびっくりした。御飯がふっくらしてて、海苔《のり》や具との一体感があるなあって」

コンビニエンスストアのおにぎりは確かに驚くほど進化した、と思う。

初期のおにぎりは袋が開けにくく、海苔を巻きつけるシステムに問題があって、御飯からズレやすかった。その御飯もぱさぱさで海苔や具との一体感がなかった。いずれも確かな事実だ。

でも、「海苔を巻くときに端っこが切れてビニールの中に残ってしまうのが気持ち悪くてね。そのまま捨てるのもなんか嫌なんだけど、切れっ端を取り出そうとするとうまく指が届かなくて、僕らはいつもいらいらしたもんさ」などと遠い目で苦労話を語っても、若者たちにはあんまり感動して貰えないと思う。

「それってどういう状態ですか、海苔をおにぎりに巻くシステムがよくわからないので、ちょっと図に描いて説明してください」などと質問してくる若者はいないだろう。

「生まれたときから開けやすくておいしいおにぎりを食べている君らが羨ましいよ」としみじみ云ってみても、若者たちはただ、ふーん、と思うだけだ。「コンビニおにぎりが原始的で苦労した」話をどう語っても、「砂糖をみたことがなかった」のインパクトには遠く及ばない。

前述の作家さんと話をしたとき、「砂糖をみたことがなかった」人々の戦後期の努力によって、今では全国民がこんなにおいしいケーキを食べられるようになった、という実感が伝わってきた。戦後の時間の流れが手触りとして感じられたのだ。

だが、「コンビニおにぎりが原始的で苦労した」人々の平成期の努力によって、今では全国民がこんなにおいしいコンビニおにぎりを食べられるようになった、という感覚は何故か希薄だ。私が生きてきた時間は、むしろその時代にぴったりと重なっている筈なのに実感がないのだ。

自分とは関係ないところで、いつのまにか自動的にコンビニおにぎりはおいしくなっていた。コンビニサンドイッチやコンビニ冷し中華も勝手に進化していた。

私はただ、お、開けやすいじゃん、とか、なんか御飯がふっくらしたな、とか思っただけだ。

入る店、入らない店

飲み屋がぎっしり入った雑居ビルをみて、凄《すご》いなあ、と思うことがある。見上げると、小さな看板がずらーっと並んでいてくらくらする。

「釧路」「よっちゃん」「蔵」「セブン」「山の家」「チェリー」「キャッツ愛」「卍」「のんべえ」「姉妹」「あんちゃん」「ルナ」「鈴蘭」「ゲゲゲ」「小夜」……、凄い数だ。

でも、潰《つぶ》れずに営業している、ということは、一軒一軒にちゃんとお客さんがついているわけだ。こんなに沢山の店のなかから、彼らはどうして、ここに入ろう、と決めることができたのだろう。

釧路出身で懐かしいから「釧路」にしようとか、俺はよしのりだから「よっちゃん」にしようとか、初恋の人がさくらさんだから「チェリー」にしようとか、美人姉妹がいるかもしれないから「姉妹」にしようとか。

そうなのか？　でも、「ゲゲゲ」には誰が入るんだろう。鬼太郎？　よくわからない。

私の住んでいる町には、たぶん数百軒の飲食店がある。

でも、入ったことがあるのはそのうちの十数軒だ。よく行くのは数軒で、結局はそのローテーションになっている。新しいお店を開拓することは滅多にない。

その店がいいかどうか、おいしいかどうか、好きかどうかは実際に入ってみなくてはわからない。でも、なかなか勇気が出ない。

私はちょっとでも「こわそうな店」には入れないのだ。「こわそうな店」とは、カラオケのある店、常連のいる店、カウンターだけの店、貼り紙のある店などである。

例えば、近所の焼き鳥屋の入り口にはこんな貼り紙がしてある。


「酔っぱらいお断り」


私は「酔っぱらい」ではないが、なんかこわい、と思って入れない。その店に一歩入ると、みんな素面で焼き鳥を食べているのだろうか。

自分とは無縁だと思っていると、何度もその前を通っていても、次第に店の存在自体がぼんやりしてくる。物理的には存在していても、脳内で「ない」ものとして扱っているうちに、だんだんみえなくなってくるのだ。

そう云えばそんなお店があったような、なかったような、なんとなく、あの辺にあったかな、なかったかな、ゆらゆら。

私はお酒が飲めないので、ハードな（？）飲み屋の殆どは蜃気楼《しんきろう》のようにゆらゆらしている。場所が微妙に曖昧《あいまい》だったり、三軒が二軒に思えたり。夜、そこに吸い込まれてゆく影のような者たちは全員「飲み助」という妖怪なのだ。

先日、近所に住んでいる友達と話をしているとき、彼の口から「ミゲル」という名前が出た。へえぇ、と思う。そこは私が一度も入ったことのない、というか、入ろうと思ったこともない店なのだ。

ほ「あそこ、よく行くんだ？」
友「うん、行くよ」
ほ「いったいどんなひとが行くんだろう、と思ってたら、君だったのか」
友「別に僕だけじゃないよ」
ほ「でも、君も行く」
友「えっ」
ほ「君も行く」
友「う、うん」
ほ「そんな一面があったんだ」
友「一面って」

困った顔をされてしまう。その顔をみながら、私は彼が「ミゲル」に入るところを想像してどきどきする。このどきどきはなんだろう。

友達が僕の知らないところで「ミゲル」にねえ。

「混ぜ」問題など

夜、寝る前などにふと考えることがある。

お寿司屋さんって毎日お寿司を食べてるのかな。

好きなネタを好きなだけ自分で握って……、いいなあ。

羨ましい。

でも、毎日ってことはないだろうな。いくらなんでも飽きるかもしれないし、野菜が摂《と》れないから栄養だって偏るだろう。

じゃあ、三日に一回くらいか？　それとも週に一回？

「いやあ、自分で握っていると案外食べないもので、もうここ十年くらいは口に入れてませんね。どんな味だったかなあトロ」なんてこともあるのだろうか？

いくら考えても正解はわからない。

お寿司屋さん以外にもお蕎麦《そば》屋さんやトンカツ屋さんやケーキ屋さんは、どれくらいの頻度でお蕎麦やトンカツやケーキを食べているのだろう。

いや、ことは食べ物屋さんに限らない。

食生活は性生活同様に個人的な領域だから、自分以外の誰かがいつどこで何をどんな風に食べているのかを正確に知ることはできないのだ。だから互いの食習慣の実態を知ったとき、ひとは驚いたり驚かれたりする。

私は蒲団《ふとん》のなかで寝たまま菓子パンを食べる。

以前そのことをエッセイに書いたら、大変驚かれた。

今でも初対面のひとから「ああ、あのベッドで菓子パンを食べる……」などと云われることがある。別に「それ」が仕事ってわけじゃないんだけどと思いつつ、「ええ、まあ」などと応える。

お好み焼き屋で絶叫されたこともある。タネを混ぜて鉄板の上に流そうとしたら、一緒にいた友人が「あーっ」と大声で叫んだのだ。びっくりして固まっていると、彼は云った。

友「全然混ざってない！」
ほ「何？」
友「タネが全然混ざってないよ」
ほ「え、混ぜたよ」
友「そんなの混ぜたうちに入らないよ」

どうやら私の「混ぜ」はかなり甘いというか、彼の基準では「全然混ざってない」に相当するらしいのだ。でも、私は私なりに今日までこれでやってきたのだ。

そういえば、と思い出す。いつだったたか、缶詰のシーチキンにマヨネーズを混ぜたときも「混ざってない」と叱《しか》られたことがあった。

何かをちゃんと混ぜるのは根気が要るというか、手と心が疲れるのだ。

それに河豚《ふぐ》の肝をちゃんと取らないと大変なことになる（らしい）が、お好み焼きやシーチキンの「混ぜ」が完全でなくても人命に関わるようなことはない。だから、つい甘くなってしまうのだ。

気合いの欠如という同様の理由から、他にも例えば電子レンジで食べ物を温めたとき、お皿にかかっているラップを半分だけ剝がして食べたりする。剝がした部分から箸を差し込んで突っついていたら、家人に「あー、いらいらする」と云われた。

「どうしてちゃんとラップをとらないの」

「面倒臭くて……」

「そんなとこから箸を突っ込んでほじくる方がよっぽど面倒臭いよ」

確かにそうだ。でも、問題は面倒臭さの「総量」ではないのだ。ラップを全部とるという目先の手間から逃げたい。一瞬の楽をしたい。その心が、結果的に世界をさらに面倒にしてしまうわけだ。

生活のディテールについてのコーチングが要るなあ、と呟いたら、それは「躾《しつけ》」っていうんだよ、と云われた。そうも云いますね。

純粋な食生活

会社員時代のこと。

毎年仕事納めの日には、それぞれの部ごとに集まって納会をすることになっていた。とはいっても、会議テーブルの上にちょっとした食べ物を並べて紙コップで乾杯するような慎ましいものだ。

或る年、第一システム部でいちばん下っ端の私が納会用の買い出し係に指名された。トミヅカ部長から渡された買い物リストのメモにはこう書かれていた。

・酒

私はおそるおそる訊いた。

「ぶ、部長、これ、あの、これで全部ですか？」

部長はちらっとメモをみて云った。

「いや、ビールとかワインとか、いろいろ買っていいぞ」

それって全然「いろいろ」じゃないんですけど……。

トミヅカ部長が酒さえあればつまみも何も要らないというタイプなのは知っていた。

しかし、ここまでだったとは。

これはもう人間というよりも、ガソリンさえあればいい「車」とかに近いんじゃないか。いくら上司とはいっても、「車」の指示に従ったら、あとで他の部員たちに文句を云われるに決まっている。

仕方なく私は自分の一存で「いろいろ」買ってきた。

納会のテーブルには、部長に指示された酒類の他に、寿司、焼き鳥、ピザ、ポテトチップス、チョコレート、コーラ、ジュース、ウーロン茶などが並んだ。

トミヅカ部長は特に文句は云わなかった。

ただポテトチップスの袋をみて不思議そうな顔をしただけだ。

それが何だか知らないのかもしれなかった。

いや、きっとそうに違いない。

彼は入社以来一度も白い御飯を食べてないという噂だ。

自宅には茶碗がないという説もある。

そんなひとがポテトチップスなんか知っている筈がない。

況《いわん》やコアラのマーチをや。

だが、改めて考えてみると、そんな部長のことが羨ましいような気がしないでもない。他に何ひとつなくても酒さえあれば、彼は完全に満足で幸せなのだ。その一途《いちず》さに比べて、「いろいろ」食べたがる自分がなんだか不純に思える。

そういえばトミヅカ部長以外にも、新人採用の最終面接で「これだけは絶対ひとには負けないというものはありますか？」という質問に対して、こう答えた学生がいた。

「卵かけ御飯を食べた回数なら誰にも負けません」

試験官のなかからは、ほお、と感心するような声があがったのを覚えている。

今の私は歌人ということになっているので、ときどき、色紙に何かを書く機会があるのだが、どんな言葉を選ぶべきかいつも迷う。

こんなときトミヅカ部長だったらな、と思う。

「酒」の一文字で決まりだ。

私にはそこまでのものがない。

色紙に筆で書けるような大切なひとつ。

無論、「酒」だから様《さま》になるのであって、これが「盛り合わせフライ定食」ではまずいのだ。

お店の壁に貼るメニューと間違えられる。
いや、別に色紙には食べ物を書くって決まりはないんだけど。

食べ放題との戦い

食べ放題というものがある。

焼き肉とかお寿司とか餃子《ぎょうざ》とかケーキとか、おいしいものを食べても食べても値段が同じという夢のようなシステムだ。

素晴らしい。でも、もう何年も行ったことがない。

私は食べ放題がおそろしいのだ。

例えば、しゃぶしゃぶ食べ放題。

その店では「しゃぶしゃぶ食べ放題コース」と呼ばれていた。お、いいなと思って深く考えずに注文したら、最初にいきなり煮こごりが出てきた。

え？　と思う間もなく、お豆腐とか煮物とか天ぷらとかどんどん運ばれてくるではないか。目の前に肉以外のお皿がずらっと並んでしまった。

「しゃぶしゃぶ食べ放題コース」とは「しゃぶしゃぶが食べ放題のフルコース」のことだったのだ。気づいたときにはもう遅い。

私はその日、思いっきりお肉が食べたかった。食べ放題に行く人間の心とは、大体そういうものだろう。お店のひとにそれがわからない筈がない。つまり、これは意図的に仕掛けられた罠なのだ。おそろしい。フルコースというサービスの一種を装っているところがおそろしい。

とにかく前座の連中を片づけないと本命のお肉にたどり着くことができない。なんとか頑張って、やっと「しゃぶしゃぶ食べ放題」という夢の世界の入り口に立つことができた。が、そのときにはもう殆どお腹がいっぱいだった。

食べ放題は嘘じゃなかったよ、でも、と悲しい気持ちになる。

お代わりのときはお声をかけてくださいね、という店員さんの目が微かに笑っているように思えた。

或いは、苺《いちご》食べ放題。

これなら大丈夫だろう、と思って参加する。

苺の前に煮こごりが出てくることはあり得ない。ばあやに邪魔されることなく最初からお目当ての可愛い子ちゃんを食べ放題だ。

念のために時間制限の有無を調べる。時間制限無し。よし、大丈夫。もうこっちのものだ。

張り切ってビニールハウスの入り口でお金を払うと、小さな容器に入ったコンデンスミルクを渡される。それを片手に苺を摘《つ》んでは食べていった。

だが、途中で困ったことが起きた。

コンデンスミルクが切れたのである。最初からなかったならまだしも、ずっとつけていたのが急になくなると、酸《す》っぱくてそれ以上食べ進むことができない。お腹にはまだ余裕があるのに、ぴたっと手が止まってしまう。やられた、と思う。

考えてみると、最初に渡されたコンデンスミルクの量があまりにも少なかった。これもまたサービスにみせかけた巧妙な罠だったのだ。

「苺食べ放題、時間無制限、コンデンスミルク・サービス（但《ただ》しお代わり無し）」

「但しお代わり無し」というさり気ないひと言に込められた知謀の深さに慄然《りつぜん》とする。

いちばん怖かったのは、蟹《かに》食べ放題だ。

そこでは最初からすんなり蟹が出てきた。え、いいの？　と思う。食べちゃうよ？

嬉しくひと皿食べ終えてお代わりを頼むと、いくらでも追加が運ばれてくる。酢のお代わり無しとか、蟹切りハサミはお一人様三十回までしか使えませんとか、そういう制限も見当たらない。

ついに出会えた。本物の食べ放題だ。

夢中で食べる。

ところが、だんだん変な気持ちになってくる。食べても食べてもなんとなく蟹の味がしない、というか、食感は確かに蟹なんだけど蟹らしさが妙に「淡い」のだ。

蟹ってこれでいいんだっけ？
そう思って手元をみる。確かに蟹の姿をしてる。
でも、と思う。もしかして、これ何か未知の甲殻類なんじゃないか？
回転寿司のネタは全てがよく似た種類の別の魚だというではないか。
まさか、食べ放題専用に特別に開発された……、カニモドキ？
そっと店員さんたちの顔を窺《うかが》うと、皆満面の笑みを浮かべている。
にこにこ、にこにこ、にこにこ、にこにこ。
「ひ」と思う。

小梅とイチジク

私は煙草もお酒も苦手なので、それらの本数や量がどんどん増えてしまうとか、やめようとして禁断症状に苦しむといった経験がない。

最もそれに近かったのは小梅による体験だ。小梅、こりこりした梅干しのちっちゃいやつ。小学校三年生のとき、私はあれを毎日三十個くらい齧《かじ》っていた。

最初からそんなに大量に食べていたわけではない。家に「小梅の壺」があって、なんとなく口寂しくなったとき、そこに手を突っ込んでぽりぽりやっていた。

ところが、小梅には習慣性があるらしく、いつの間にか止まらなくなってしまったのだ。五個、十個、とエスカレートして最終的には凄いことになった。

そのときは母親が異変に気づいて、「小梅の壺」ごと隠されてしまった。私は軽いショックと禁断症状を感じたが、「うおー、小梅、出せえ」などと暴れることはなく、しばらく我慢して外で遊んでいるうちに自然に治まった。

そして、小梅のことなどすっかり忘れていた去年のこと。

テレビをみていたら、いとうせいこうさんが「今、僕の中でいちばん大事なのは干しイチジク」と真顔で語っていた。

なんでも彼は干しイチジクにはまっていて、旅先にも持ち歩いて食べているのだそうな。一日に十個（だったか？）までと決めているんだけど、もっと食べたくて、それを守るのが苦しい、と云っていた。

私はそれをきいて、なんだかオーバーだなあ、と思った。

ところがその数日後、近所の喫茶店で中国茶を頼んだら、一緒に干しイチジクがついてきたのだ。ああ、これか、と思いながら、メンリ、メンリ、と少しずつ割って口に入れると、なんとおいしいではないか。

ほんのり甘くて、湿っていて、妙にあとをひく。チョコレートなどの人工的なお菓子に比べれば、体にも悪くなさそうだし、いいおやつになる、と思った私は、早速イランイチジクというものを大きな袋で買ってきた。

そして、止まらなくなってしまったのである。

気がつくと一日に三十個ほども食べるようになっていた。干しイチジクでお腹がいっぱいで御飯が食べられない。でも、どうしてもやめられない。「イチジクの袋」を強制的に隠してくれる母親ももういない。

そんなイチジク地獄から私を救ったのは、当のイチジク本人（？）の袋に小さな文字で印刷されていた注意書きである。そんなものは意識したことがなかったのだが、あるとき、ふと目に入ったのだ。

「本品には稀《まれ》にカビや虫などが入っていることがありますので、なかを割って確認してからお食べください」

がーん、となる。

今まで全くノーケアで、ぱくぱく食べていたのだ。

カビはともかく虫？

どんな虫だろう。

いろいろ想像してしまう。

ううう。

それからちゃんと割って中身をみてから食べるようになったかというと、そうはならなかった。

だって、もしも割ってみた結果、十個に一個くらいの割合で虫が入っていたらどうなる。

私は一日三十個を三週間以上も食べ続けていたのだ。

一日にイチジク三十個＝虫が三匹、それが三週間。

つまり、三匹×二十一日＝六十三匹。

私は六十三匹も虫を食べてしまったことになる。

五個に一匹の割合だったら、百二十六匹だ。

想像してしまう。

ううう。

イチジクを割ってなかをみたら、その想像が事実として確定してしまうのだ。

おそろしい。

おそろしくて現実に直面する勇気が出ない。

なかったことにしよう。

そう思って、私はあんなに夢中だったイチジクからあっさりと手を引いた。

今は一刻も早く忘れたいだけだ。

妻がいない夜の御飯

今日は妻が親戚のお葬式に出かけていません。

夜御飯はひとりでオリジン弁当です。

メンチカツ弁当と迷ったけれど、やはり生姜《しょうが》焼き弁当にしました。肉ばっかりではいけないので野菜のおかずを別に買うことにします。

オリジン弁当には、量り売りのお惣菜《そうざい》コーナーがあるのです。「肉じゃが」のにんじんばかりを選んでとっていたら、プラスチックの透明容器がオレンジ色になりました。「肉」も「じゃが」もない「肉じゃが」です。でも、これだけにんじんを食べればカロテンは安心。

僕もけっこう料理上手だなと思いながら、オレンジ色の「肉じゃが」をレジにもっていくと、店員さんの瞳孔が少し開きました。

お惣菜売り場に残された「肉じゃが」が「じゃが」ばかりになってしまって、後ろめたい。でも、「『じゃが』と『にん』の比率は二対一を厳守」とか「『自然な感じで』とること」といった決まりはないのです。

「肉じゃが」から「にん」ばかりを選んで買うのは犯罪ではありません。次に来たお客さんは、もともと「にん」は入ってなかったと思うことでしょう。「じゃが」ばっかりで嬉しいかもしれない。そう自分に云いきかせて店を出ました。家について生姜焼き弁当を開けると、御飯に生姜焼きのたれが染みていました。ショック。運ぶときに斜めになっていたようです。メンチカツ弁当やのり弁当、エビフライ弁当たちに較べて、生姜焼き弁当は特に真っ直ぐにもたないといけないのでした。

お弁当を食べながら、前に妻からきいた話を思い出しました。

彼女が職場の忘年会でカラオケボックスに行ったときのこと。幾つかの飲み物や食べ物と一緒にハニートーストが四つ運ばれてきたのだそうです。

ハニートーストとは、厚切りの食パンに蜂蜜《はちみつ》をたっぷりと染み込ませて焼いたものです。

妻は手近なひとつをとって、いちばん柔らかくておいしい中心部分をくりぬいて食べました。それからしばらく様子をみていましたが、みんなは歌うのに夢中で、誰もハニートーストに手をつける様子がありません。

そこで彼女は残ったハニートーストの真ん中を順々にくりぬいては食べていきました。あとにはハニートーストの外壁部分だけが残りました。

そうして三つまで食べ終えて、最後のハニーに手を伸ばそうとしたとき、鋭い声が飛びました。

「Yちゃん（妻のこと）さっきから何やってるの？」

職場の最高責任者である事務局長さんにみつかってしまったのです。

「ひとりでハニートーストの、しかも真ん中ばっかり食べて、駄目じゃない」

そう叱られてしまったそうです。

そんなことしちゃ駄目だよ、と僕も云いました。

ごめんなさい、と妻は云いました。

ただ、ハニートーストの中心部だけを次々にくりぬいて食べるのも、非常識ではあるけれど犯罪ではありません。カラオケボックスの他の部屋に入っていってハニーをくりぬいたらまずいけど、同じ部屋の内部での出来事だったのです。

今でも妻は「ハニートーストくりぬき女」として、職場の人々に怖れられているそうです。

そう云えば、先日、読んだ本にはこんなことが書いてありました。

「これ、先に半分いただいちゃった」と彼が言った後の食べ物を見ると驚く。親子丼なら上の具がなく、たれで色のついたご飯がそっくり残っている。にぎり寿司なら〝白い小おにぎり〟――ネタだけ拾っていくからだ――が、列になって並んでいる。それでも本人の意識としてはあくまで「半分」らしい。

凄いなあ。ちなみに「彼」とは「ジュニアそれいゆ」のカバー画などで有名なイラストレーター、内藤ルネさんのことです。

※引用は『内藤ルネ自伝　すべてを失くして』（小学館）より

苺のヘタをみたことがない

料理ができない、と云うと、「できないんじゃなくてやらないんでしょう?」とよく云われる。

ううう。

その通りでございます。

「じゃあ、毎日、御飯どうしてるの?」

「全部奥さんがつくってるの?」

「奥さん働いてるんでしょう?」

「ほむらさんずっと家にいるんだよね?」

ひひい。

ごめんなさいごめんなさいごめんなさいごめ。

妻と一緒に眺めているテレビに「料理上手な旦那さん」というものが出てくると、どきどきして呼吸が浅くなる。

いきなりチャンネルを変えるのも変だ。凄いねえ、と感心するのもわざとらしい。一刻も早く次の話題に移ってくれ、と祈るような気持ちで待つ。だが、一向に終わる気配がない。休日にはパエリアをなんとかかんとか喋《しゃべ》り続けている。

　仕方なく、そっとトイレに立つことにする。いや、嘘じゃない。本当にトイレに行きたくなったのだ。膀胱《ぼうこう》満タン。破裂寸前。そう云いたいが、いちいちそんなことを説明してトイレに行くのは変だ。さり気なく立って歩き出す。ぎぎぎぎ、きき、ぎぎぎ。緊張のあまり手足を動かすたびに音がするようだ。

　トイレでほっと息をつく。ふう。「料理上手な旦那さん」め。でも向こうは自分が私を苦しめたことなんて知らないんだろうな。

　最近の若い男の子たちはもっと凄いらしい。

　独身のときに参加した知人のホームパーティに、大学生のカップルが「おいなりさん」の差し入れをもってきてくれたことがあった。

「これ、彼がつくったんです」と女の子は嬉しそうに云っていた。

　はにかむように微笑む「彼」は長身のきれいな男の子だ。

　日本男子はレベルアップしている、と実感した。

　きれいでおしゃれで若い男の子に漏れなく「お手製のおいなりさん」がついてくるのだ。

　きれいでもおしゃれでも若くもない私には「コンビニの菓子パン」がついてくる。

比較の結果はあきらかだ。後者をパートナーに選びたい女性はいないだろう。

私は未来における自分の孤独死をありありとイメージした。

西暦二〇三九年、菓子パンの滓《かす》の散らばる万年床《まんねんどこ》のなかで、新製品のメロンパン（齧《かじ》りかけ）を手に男は息絶えている。口元にうっすらと笑みを浮かべて。それは「メロンパンもついにここまで進化したか」という満足の微笑にみえた。

うっとり。いや、うっとりしては駄目だ。

私だって「男子厨房《ちゅうぼう》に入らず」という世代ではない。料理しないのは単なる性格というか、怠惰《たいだ》なだけだ。ちなみに私の父は単身赴任が長かったせいもあって料理上手である。

結婚直後に私の実家に行ったとき、父が帰りに苺を持たせてくれたことがあった。

「食べようとして開けたとき、鳥肌が立った」と後に妻は語っていた。

「どうして？」と私は訊いた。

「ヘタが、なかった」

「ヘタ？」

「苺のヘタが全部きれいにとられてたの」

「そうだっけ？」

「あれ、お父さんがとってくれたんだよね」

「そうだろうね」

「そのとき、このひと、ずっとこんな風に育てられてきたんだと思って、ぞっとした」

いや、君は別にヘタなんかとらなくてもいいよ、と応えながら、私自身もそういう問題じゃないことを感じていた。苺のヘタがどうってことじゃなくて、彼女が感じたのは、そのように徹底的に過保護に育てられた人間と生活を共にするということへの怖れであり、鳥肌だったのだろう。

実際に暮らしてみてどうか、という問いは、怖ろしくて口にすることができない。

我が皿洗い

私の耳の奥で、いつも鳴り響いている声たちがある。


「ほむらさん、御飯、一度もつくったことないの？」

「じゃあ、毎日、どうしてるの？」

「全部、奥さんがつくってるの？」

「奥さん、外で働いてるんでしょう？」

「ほむらさん、ずっと家にいるんだよね？」


ううう。


「お茶は？」

「お茶くらい自分でいれるよね」

「まさか、お茶も奥さんがいれてるの？」

だ、だ、だ、だまれ。はあはあはあはあはあ。

おそろしいのは幻の声だけではない。妻が買い物に行っているとき、友達が遊びに来ることがある。

「あがって待ってて、お茶でもいれるから」

そう云って、あがってもらう。でも、それからが大変だ。えーと、おちゃ、おちゃ、あ、と、えと、きゅうすきゅうす、あれ、おちゃってきゅうすでいいんだっけ……。

その様子をみながら、友達は冷静な口調で云う。

「やっぱり、お茶も自分でいれてないんだね」

む、と思う。友達だと思って油断していたら、こいつは私が普段どれくらい家事をしているか調査に来たスパイだったのか。スパイに飲ませる茶はないぞ。

また別の友達と電話で話していたときのこと。何故だか家事の話題になってしまう。

ほ「確かに御飯はつくらないけど、僕だってお皿は洗ってるよ」
友「全部?」
ほ「いや、全部じゃないけど……」
友「でも、ほむらさん、お皿の裏を洗ってないでしょう?」

ほ「裏？」
友「そう、お皿ってちゃんと裏も洗わないと駄目なんだよ」

びっくりする。そんなこと考えたこともなかった……。だって、表は食べ物を乗せるけど裏なんて「関係ない」じゃん。一瞬、黙り込んだ私の耳に怖ろしい言葉が飛び込んできた。

友「あとでもう一回、Yちゃん（妻のこと）が洗い直してるんだよ」
ほ「ええっ？」
友「ほむらさんが洗ったお皿を全部、奥さんがこっそりもう一回洗ってるの」
ほ「な、まさか」
友「ほんとだよ。旦那さんを傷つけちゃいけないと思って。優しいよね」
ほ「そんな、いや、だ、大体、なんでそんなことを君が知ってるんだ」
友「え？　みんな、知ってるよ」

みんな？
みんなってみんな？

みんな、知ってるの？
私がお皿の表しか洗ってないって。
奥さんが洗い直してるって。
やはりスパイが、いや、これはもう、生身のスパイにできる仕事の域を超えている。
もしや、上空から人工衛星が見張ってる？
私の家事を？
そして、インターネットを通じて我が皿洗いの動画を配信。
それを観た全世界が失笑とブーイング。
ひひい。

梅ジャンボの思い出

一九八一年の春、私は北海道大学に入学した。どこのサークルに入ろうか迷ったが、体育会のワンダーフォーゲル部に入部することにした。

新人歓迎合宿の顔合わせのあと、リーダーのK先輩が同じパーティの新人である我々に向かって云った。

「よし、今日はおまえたちに寿司を腹一杯食わせてやるぞ」

ええ？　と驚く。当時の感覚では、寿司なんて学生の食べるものではなかった。まして「腹一杯」とは……。K先輩ってお金持ちなのかなあ、と思いながら、皆でぞろぞろと大学近くの寿司屋についていった。

「梅ジャンボ、五つ！」とK先輩は大声で注文した。

出てきたお寿司をみてびっくり。ネタは普通の握りだけど、一貫ごとのシャリの部分が異常に大きい。これはもうお寿司というよりおにぎりだ。一人前食べると、おにぎりを八個食べたのと同じことになる。いくら腹ぺこの学生でも、確かに「腹一杯」だ……。

「凄い」と私は感激した。そして「この『ジャンボ』はやがて日本中のお寿司屋さんに広まるだろう」と思った。

広まってません。今考えると、あれは北大生向けの特別サービスだったんだと思う。「梅」とは松竹梅の梅、「ジャンボ」とはその特別おにぎりバージョンのことだろう。

衝撃のおにぎり寿司を私たちは夢中で食べた。おいしかった。生まれて初めてお寿司でお腹を一杯にして幸せだった。こっそりチェックしたら値段は一人前五〇〇円だった。

北海道の野山を駆けめぐるこのクラブでは、これ以外にも食べ物に関して、かつて味わったことのない体験を色々とすることになった。

初めて登った山の頂でS先輩に渡された水のうまさにショックを受けて、「この水、滅茶苦茶おいしいですね！」と云ったら、先輩はにこにこしながら「そうかあ、うまいかあ」と応えてくれた。


「はい、今までに飲んだ水のなかでいちばんうまいです」

「そうかあ、いちばんかあ」

「ダントツです」

「そうかあ、ダントツかあ」

「はい」

「よかったなあ」

「はい」
「こないだまで、そのポリタン（水筒のこと）でカエルの卵を飼ってたから、うまいのかもなあ」
「カ、カエル⁉」

山男たちは、なんというか、口に入れるモノに関する感覚が違うのだ。
或るとき、米のなかに虫が湧いているのを発見してT先輩に訴えた。食料が駄目になるのは山では大問題だ。T先輩は真剣な表情で考え込んだ。そして云った。

「米の容器は密閉されてたよな」
「は、はい、それなのに一体どこから虫が湧いたのか……」
「ってことは、その虫は米しか食ってないよな」
「は、はあ」
「ってことは、そいつの成分は米だ」
「せ、せいぶん」
「つまり、そいつは米だ」
「ええ⁉」

「食おう」

リーダーの言葉には逆らえない。私たちはびくびくしながら虫米のカレーライスを食べたのだった。

そして二十一世紀の今、ときどき近所のお寿司屋さんに行くことがある。握りを注文して、「ごはん、小さめでお願いします」と付け加えるとき、「ああ」と思う。

なんて遠くまできてしまったんだろう。

最後の一品

死ぬ前に最後に食べたくなるものはなんだろう、と思うことがある。

お寿司やステーキやフレンチのフルコースなどの豪華系か。

フォアグラやトリュフやキャビア、或いは一度も食べたことのない熊の掌《て》などの高級珍味か。

それとも、子供の頃に好きだった思い出の食べ物だろうか。

案外、甘い甘いお菓子なんかが欲しくなるかもしれない。

いろいろと考えてみるのだが、どうもぴんとくるものを思い浮かべることができない。

理由のひとつには、「死ぬ前」というのが、具体的にいつどこでどんな風に「死ぬ前」なのかがはっきりしないことが挙げられる。

老衰だったら食欲自体がとても弱くなっているかもしれない。

病死でも食べるためのコンディションがいいとはいえないだろう。

ということは、冒頭の設問について最も純粋なかたちで検討するためには、まずそのための最適の死に方を定める必要があるわけだ。

考えてみたのだが、結論としてはやはり死刑による死だろうと思う。

これなら体調には問題なく、でも、死ぬということは確実。

自殺なんかでも同じに思えるけど、ただその場合「最後」を自分で勝手に決めてしまうところが、なんというか、条件として純粋さを欠いているような気がするのだ。

体調万全で迎えた死刑執行の前に食べたくなるものこそ、本当の意味で「死ぬ前に最後に食べたくなるもの」に違いない。

ということで、条件の方は決まった。

昔観た映画なんかでも、「最後に食べたいものはないか。なんでも云ってみろ」なんて死刑囚が訊かれていたような気がする。

映画のなかの男は「神父の肉」なんて答えてたっけ。

かっこいい。

でも、本当にはそんなもの全然食べたくないしなあ。

改めてそういう状況を思い浮かべながら、本当に食べたい一品を想像してみる。

そのタイミングでステーキや焼き肉を所望したり、フルコースをデザートまで楽しめるような剛胆さに憧れるけど、私にはとても無理だ。

全然食欲がなさそう。

たぶん、求めてしまうのは目の前の死の恐怖を忘れさせてくれるもの。

おふくろの味の味噌汁とか、妻の差し入れの卵サンドとか、子供の頃駄菓子屋で食べたクッピーラムネとか、そういう癒し系に走ってしまうんじゃないか。

かっこわるいなあ。

おんなじ御飯でも、どこかの誰かが手で握ってくれたおむすびとか。

いやだなあ。

そんな風に土壇場《どたんば》で思い出に逃げたり、人間の温もりにすがるくらいなら、初めからひとなんか殺さなければよかったのに。

って殺してないけど。

この場合、思い出や温もりは邪道なのだ。

そういう外部の要素に頼らないで、純粋に味や匂いや食感で最後にこれを食べたいと思えるものはないか。

マックシェイクなんて云ったら、なんだか連続殺人鬼の答みたいでかっこいいんだけど。

本当には飲みたくないしなあ。

高橋睦郎さんの歌に出てくる水蜜桃《すいみつとう》っていうのは、確かにいいかもしれない。

食欲がなくてもつるりと喉を通りそうだし、この世に生きてあることの甘美を象徴しているようにも思えるから。

最後《いやはて》の晩餐問ふや漿《しる》の果《み》の水蜜桃の巨《おほ》きをひとつ

高橋睦郎

味覚の終着駅

先日、初めて入ったタイ料理屋でのこと。何皿かのおいしそうな料理を前にして、最初にひと口呑み込んだスープの味がわからなかった。

ん？　味がない……、と思った瞬間、舌と喉が燃えあがる。

熱〜。

そうか、これ、あまりにも辛過ぎて、そのせいで最初「わからなかった」のか。と、脳みそが理解したときにはもう手遅れで、口の中が太陽だ。

慌《あわ》てて水を飲むと、いっそう激しく燃えあがる。

おおおおお。

そのとき、奥から店主らしい外国人女性が現れて私の横に立った。宙に舌を突き出してはひはひしている私を心配そうに見下ろしながら、カタコトの日本語で尋ねてきた。

「カライデスカ？」

私は即答した。

「はらひれふ！」

辛いなんてもんじゃないです。だって、ほら、涙が止まらない。食べ物で涙が止まらないなんて初めてだ。どっか壊れたんじゃないか、僕。

すると、女性はにっこりしてこう云った。

「ベンキョウデス」

えっ、と思う。ベンキョウって……。勉強ですか！

その言葉に驚き呆れたが、改めて考えてみると、彼女の云うことは確かに間違ってはいないのだ。

例えば、初めてコーラを飲んだ日本人はさぞびっくりしただろう、と思う。最初のひと口からあれがおいしいと思えたひとは殆どいないんじゃないか。色も匂いも味も明らかに異様ではないか。

我々がコーラをおいしいと思うためにはかなりの経験、つまり舌と脳みその勉強が必要だった筈だ。それなりの勉強を積んで、それでもなお受け入れられるひとと受け入れられないひとに分かれたんじゃないだろうか。

性別とか、風土とか、勿論個人の資質にも因《よ》るだろうけど、新しい味覚の受け入れに関する最大のファクターは年齢だろう。年を取るにつれて新しい文化を享受するのが難しくなる。

私の母親は七十歳のときに初めて出会ったソフトシェルクラブが食べられなかった。「蟹を殻《から》ごと食べるなんて……」と云うのだ。

「でも、これはそういう蟹なんだよ」と教えても、「だって、蟹なんだろう？」と話が戻ってしまう。

彼女のなかに「蟹の殻は食べられないもの」という強い刷《す》り込《こ》みがあるのだ。そこに「殻がおいしい蟹もある」という認識を上書きすることが、どうしてもできない。

母だって若い頃はもっと柔軟だったと思う。でも、新しいものを受け入れ続けて、さまざまな項目を何度も上書きして、或るとき、とうとう限界にきてしまったのだろう。ソフトシェルクラブとの出会いは遅すぎたのだ。

では、私はどうだろう。既にかなりの上書きを重ねている。

小学生のとき、名古屋に引っ越して初めて飲んだ赤だしの味噌汁（それまでは白味噌しか知らなかった）。

中学生のとき、初めて食べた茶色いシチュー（それまでは白いシチューしか知らなかった。茶色いのは全てカレーだと思っていた）。

大学生のとき、初めて食べた緑のアスパラ（それまでは缶詰の白いアスパラしか知らなかった）。

四十歳のとき、初めて食べた白くて硬いアスパラ（それまでは缶詰の白いアスパラと緑のアスパラしか知らなかった）。

どれも最初はびっくりしたり、まずいと思ったり、よくわからなかったりしたけど、今では好きになった。味覚の幅が広がったのだ。でもいつまでこの上書きを続けられるのか、心許《こころもと》ない。もう無理、と思ったところが私の味覚の終着駅なのだ。

ひょっとしてこれが「そこ」なのか、と目の前のスープをみつめる。ひと口で舌が燃えあがる怖ろしい汁。こんなに辛いのに「本当は」うまいのだろうか。むむむ。ぎらぎら光る液体を涙目で見つめながら、私は、ベンキョウ、と心に念じていた。

かっこわるいドーナツ

十年ほど前になるだろうか。数人の友達と一緒にミスタードーナツに入ったときのことだ。それぞれが好みのドーナツを注文するなかで、私はちょっと迷ってD－ポップを選んだ。六種類の小さな球形ドーナツのセットである。

そのとき、女友達のひとりがこう云ったのだ。

「ださー」

え？　びっくりする。

「ださー、って何が？」

「ほむらさん、D－ポップなんて食べるんだ」

ええ？　さらにとまどいながら、私は云った。

「いや、だってこれ、ひとつでいろんな味が楽しめるじゃん」

「だから」と彼女はきっぱり云った。「それがださいんだよ。ヒトツデイロンナアジガタノシメル」

えええ？　それがださい……。わからない。わからないけど、なんか、わかるような気もする。

彼女がとてもお洒落《しゃれ》なひとだったこと、その口調が余りにも確信に充ちていたことが、私を激しく動揺させた。ドーナツにださいとかださくないとか、あったのか。知らなかった。でも、そう云われると、なんだか、Dーポップって名前までがださく思えてくる。特に「D」ってとこと「ポップ」ってとこ、あと「ー」もわざとらしい。全部じゃないか。

私は恐怖の余韻を胸に秘めたまま、さり気なく訊いてみる。

「他にもださい食べ物ってある？」

「そうだなあ」と彼女は考えて云った。「ほむらさん、チェルシーは何味が好き？」

「えっ」私はおそるおそる答えた。「……ヨーグルト味」

「ださっ」

「そ、そうなの」

「チェルシーはヨーグルト味がいちばんださいんだよ」

知らなかった。おそろしい。そう云われると、なんとなくその感じがわかるような気がするところがおそろしい。食べたいものを選ぶだけなのに、一旦センスという観点の呪縛《じゅばく》にかかると、自分自身の素直な味覚に従うことができなくなる。

ファッションにおけるセンス問題の重圧を思い出す。シャツの裾《すそ》をズボンに入れているのを人々に笑われて以来、私はそれをひどく恐れるようになった。

元々子供の頃から裾を入れる習慣で、そうしないと安心できないのだ。でも、その気持ちに従うと、皆に笑われて女の子に相手にされなくなる。だから無理矢理ズボンから引っ張り出す。落ち着かない。でも、これを忘れたら大変なことになる。すそ、すそ、と寝言を云っていたこともあるらしい。「トップスインは地獄行き」と刷り込まれてしまったのだ。

しかし、ファッションだけでなく食べ物の世界にもセンスの罠があったとは。「D－ポップは地獄行き」か。

あの日以来、私は一度もD－ポップを食べていない。かっこわるいドーナツなんて、と顔を背《そむ》けて、ハニーチュロなどのかっこいいドーナツを食べるようになったのだ。見《み》栄《え》っ張りだろうか。

でも、確か昔の落語にもそんな話があった筈だ。蕎麦の先っぽだけをつゆにつけるのが「粋《いき》」だとされていた江戸っ子が、やせ我慢してそうやり続けた挙げ句に「ああ、死ぬ前に一度でいいから、どっぷりつゆにつけて食べてみたかった」と云うのが下げだった。馬鹿だなあ。最期に後悔するくらいなら、最初から無理しなければいいのに。

ということは、と私は考える。自分も他人の意見に左右されずに、僕はこれが好きなんだ、と叫びながら（別に叫ばなくてもいいが）、堂々とD－ポップやチェルシー・ヨーグルト味を食べるべきなのか。シャツの裾をずずんとズボンに突っ込んで。

脳の声

何かを食べたとき、「おいしい」とか「まずい」とか感じているのは舌なのか、それとも脳なのか。

まあ、両者の連携プレーなのかなあと思うけど、自分の場合を考えると、感覚器としての舌に比べて、やっぱりそこからくる情報を判定する脳の役割がより大きいような気がする。

いつだったか、煮物だと思って口に入れたらアンコだったということがある。しょっぱいと思ったら甘かった。

「うわっ、気持ち悪い」

これは舌じゃなくて脳の声だと思う。

「おいしい」とか「まずい」とか以前に、煮物＝しょっぱいという予測を裏切られた脳がショックを受けたのだ。

プライドを傷つけられて怒った脳が「なんじゃこりゃあ、吐き出せや、ぺっぺっぺえ」と指令を出してくる。

でも、上品な私は「いや、いったん口に入れたんだから、それはちょっと」とためらって目を白黒させながらなんとか堪える。

そのとき、同席していたひとが「それ、デザートだよ」と教えてくれた。

「あ、ああ、ほんなら、まあ、しゃあないなあ。デザートならデザートて、最初からそう云えや」と脳はしぶしぶ納得。

とたんに気持ち悪さは消えた。

他のおかずたちと同じお皿に乗っていたから煮物だと思い込んでたけど、それはデザートの和菓子だったのだ。

今度はそのつもりで、食べてみる。

全然平気。

むしろ、おいしい。

デザート＝甘いということを脳が理解してさえいれば、普通に味覚が機能するのだ。

でも、その前提が狂うと一気に脳はパニクる。

これは味覚だけに限った話ではない。

数年前のことだが、薄暗い古本屋の隅に寝ているネコを撫でようとしたら、その耳が異様に長かった。

「うわっ、気持ち悪い」

思わず手を引っ込める。

恐怖で全身の毛穴が開いた。

が、よくみるとそれはウサギ。

異様に耳が長いネコの正体はウサギだったのだ。

そう気づいたとたんに気持ち悪さは消えた。

今度はそのつもりで、撫でてみる。

全然平気。

むしろ、かわいい。

うさうさ。

よしよし。

どうやら脳は、ネコかウサギか、おかずかデザートか、という枠組みのレベルで物事を捉えているようだ。

ウサギの耳が長いのはいいが、ネコの耳が長いのは不可。

デザートが甘いのはいいが、おかずが甘いのは不可。

全く融通が利かないというか、頑固だと思う。

私の脳は、「女のくせにズボンなんて穿《は》くな」とか「野球部は野球部らしく坊主頭にしろ」とか云ってるおじさんとおんなじだ。

そして、生ハムメロンやパイナップル入りのハンバーガーなどは、このような食の枠組みを混乱させてしまう。

穴あきジーンズの女性とか茶髪の野球部員のようなものだ。

私は全然いいんだけど、脳が怒る。

怒るのだ。

他に油断できないのは、御飯が原型をとどめているタイプのぼた餅である。

食べるときには、「おはぎ、おはぎ」と唱えて気をしっかりもたないといけない。

うっかり「これって、甘いおにぎり……」とか思ってしまうと、とたんに気持ち悪くなるのだ。

曖昧体重計

あと四kg、せめて二kg体重を落としたいと考えている。

そう思い続けて数年になるのだが、二kg減の状態にはときどき達するものの、最終目標の四kg減には一度しか成功したことがない。

正確には一日だけ目標体重になったことがあったのだ。

黄金の一日。

それは今年の六月のこと、私は風邪で数日寝込んだ直後に、ふらふらしながら仕事で大阪に出かけた。

ところが、その帰り道に列車事故に巻き込まれて、新幹線のなかに閉じ込められてしまったのである。

乾燥した空気、要領を得ないアナウンス、飲み物も食べ物も売り切れの車内販売、進まない列車、文句を云う乗客たち……。

東京駅に着いたのは翌朝の五時だった。

へろへろになって家に帰り着いて、ばたんと倒れ込むように眠る。

やがて目が覚めて、ぼんやりしながら体重計に乗ってみると、なんと目標体重になっているではないか。

やった！

神様のご褒美《ほうび》だ。

私は喜んだ。

喜びながら、猛然と御飯を食べてしまったのである。

おそらくは飲まず食わずの新幹線のなかから「生還した」という気持ちが強すぎたのだろう。

生きろ！

食え！

自らの裡《うち》なる声に従った私の体重は一日でびーんと跳ね戻った。

何故あのときもっと冷静に落ち着いて食べなかったのか、と何度も振り返っては後悔した。

御飯の後でモナカアイスとマロングラッセと練乳フランスパンを一気に食べることはなかった。

どれか、ひとつで、よかった、といくら悔やんでももう遅い。

黄金の一日は終わった。

それ以後の、特別な出来事のない平穏な日々のなかでは、私の体重が劇的に減ることはない。

でも、毎日、二十回くらい体重計に乗っている。

一日中家にいるので、ちょっとヒマだとすぐ乗りたくなるのだ。

自分でも忘れているなんらかの理由によって減ってるんじゃないか、と少しだけ期待しながら。

その際、ちょっとした工夫というかコツがある。

体重計の上の私は服を着たままだったり、読みかけの文庫本を手にもっていたり、おしっこを我慢していたりする。

すっぽんぽんでは決して乗らないのだ。

すると、どうなるか。

服を着ていると数値は多めに出る。

文庫本を手にもっているとやはり多めに出る。

おしっこを我慢しているとさらに多めに出る。

これは明らかに正確な数値ではない。

つまり、本当の私はこんなに重くないのだ。

そう思いながら、私は当然の権利として、体重計の数値から洋服や文庫本やおしっこの分を差し引く。

それから改めて一喜一憂するのである。

ポイントは「洋服や文庫本やおしっこの分」の重量が正確にはわからないことだ。分厚い服を着ていればいるほど、文庫本が京極夏彦であればあるほど、おしっこの他にうんこも我慢していればいるほど、誤差の幅は広がる。

世界はどんどん曖昧になる。

でも、いくら曖昧でも、いい数値をみるとやはり嬉しい。

逆に、よくない数値をみせられても、あたまの中で「洋服や文庫本やおしっこの分」をちょっと多めに計算することで傷つきにくくなるのだ。

喜びは十割。

悲しみは二割減。

まさに日々の生活のなかから生み出された知恵である。

幻のカロリー

前回、「曖昧体重計」のことを書いた。

「体重計の上の私は服を着たままだったり、読みかけの文庫本を手にもっていたり、おしっこを我慢していたりする。すっぽんぽんでは決して乗らない」という曖昧な体重計測の話だ。

　それを読んだ知人に忠告された。

「そんなことじゃダイエットなんて絶対無理ですよ。毎回正しく量ってちゃんと現実を直視しないと」

　そうか。

　そうなんだろうな。

　でも、体重が落ちないのは私だけのせいだろうか。

　例えば、カロリー。なんとなく、カロリー本人にも責任の一端があるような気がしてならないのだ。

　世間ではダイエットに関して、カロリーこそ全ての基準みたいに思われているようだが、本当なのだろうか。カロリーって、そんなに信じていいのか。

今やコンビニエンスストアの食べ物とかファミリーレストランのメニューのひとつひとつにカロリー値は表示されている。この数値の高い食べ物を摂取すると、それだけ太るというのだ。

でも、太るって何？　体重が重くなることだ。ならばカロリー値がどうであろうが、「口に入れて実際に呑み込んだ食べ物の重さ」の分だけ体重は増える筈である。質量保存の法則だっけ。昔、物理の授業で習ったよ。

二kgのものを食べる＝体重は二kg増える。

一kgのものを食べる＝体重は一kg増える。

ところが、食べ物のカロリーと重量は比例しない。重さが二kgで一〇〇〇キロカロリーのものもあれば、逆に一kgで二〇〇〇キロカロリーのものもある。

それって、どういうことなんだろう。両者を比較すると、食べた直後は二kg太っても、時間の経過とともに結局はカロリーが低い方がその分体重が減りやすいってことだろうか。

どうしてそんな時限爆弾みたいなことが起きるのか。いったん体のなかに入ったら、それも「私」ではないのか。「私」の仲間になったとみせかけておいて、カロリーの高い食べ物は自分がハイカロリーだってことを心に刻んだまま忘れず、時の流れのなかでも重さを減らさないという己の使命を密かに果たし続けているのか。

まるで幕府の隠密《おんみつ》だ。

わからない。

カロリーとその仕組みがわからない。

肉でも野菜でも羊羹《ようかん》でも牛乳でも、秤《はかり》に乗せればその重量を量ることができる。でも、肉や野菜や羊羹や牛乳のカロリーって何に乗せて計るのか。

試しに「カロリー計」でネット検索をかけてみる。すると、出てきたのは「カロリー計付きなわとび」とか「カロリー計付き万歩計」ばかり。それって皆、カロリー計はカロリー計でも「消費カロリー計」じゃないか。なわとびを百回したら何カロリー消費とか五千歩歩いたら何カロリー消費っていうあれだ。

私が知りたいのはそうじゃなくて、目の前の食べ物のカロリーそのものを計る仕組みなのだ。秤だって温度計だって重さや温度を直接量ったり測ったりして教えてくれるではないか。

さらに検索を続けた結果、ついに消費じゃないタイプのカロリー計を発見。ところが、その仕組みは「まず食品一覧表から種類を選んで、次に食べ物の重さを量ってください。するとカロリーが表示されます」というもの。

駄目だ。やっぱりカロリーを計ってない。量ってるのは食べ物の「重さ」だよ。或る食品のカロリーは一〇〇g当たりいくつ、っていう前提があって、それに実際に量った「重さ」を掛け算して結果を表示するだけ。つまり、これはカロリー計のふりをした秤（食品一覧表付き）なのだ。

ネット検索のしすぎで、私のあたまはぼーっとなった。

カロリー計はみつからず、カロリーの正体は霧に包まれたまま。

おかしい。

本当にこの世のどこかに存在しているのか。

私は、スカーフに濃い色のサングラスをかけ、コートの衿《えり》を立てた女をイメージする。

人々がその名を口にしない日はない。なのに、誰もその素顔をみたものはない謎のひと。

カロリー……、いつか君に会える日がくるのだろうか。

生牡蠣の微笑み

レストランや居酒屋のメニューにそれが載っていると、反射的に注文してしまうものがある。

ひとによって様々だろうが、私の場合は、例えば生牡蠣《なまがき》。

この文字をみると、おっ、と思う。独特の食感と味が脳裏に浮かぶ。季節ものということもあって頼みたくなる。

自分ひとりなら問題ない。でも、何人かで食事や飲みに来ているなら、「牡蠣食べない？」と提案する必要がある。

そんなとき、「お、いいね」「賛成」などの声に混ざって、必ず「私はちょっと……」という声があがる。

「苦手？」と訊くと、「いいえ、好きだったんだけど」という答。

「当たったの？」

「ええ」

「あー」とか「そうなんだー」とか反応する人々に向かって、そのひとは静かに云う。

「私はいいので、どうぞ皆さん、食べてください」

「いいの？」と云うと、相手の顔に曖昧な微笑みが浮かぶ。

その表情をみると、なんとなく不安な気持ちになる。

これは地獄をみたひとの微笑み……。

「世界には二種類の人間がいる」と断言したひともいた。「牡蠣に当たったことのある奴と当たったことのない奴だ」

そんなに凄いのか。

当たるといえば牡蠣、というくらい有名だもんな。その次が咄嗟《とっさ》に思いつかないほど、ぶっちぎりでトップだ。

しかし、悲しいかな人間の想像力には限界がある。その凄さが実感できないのだ。

何十年も生きているのだから、私とて食べ物に当たった経験がないわけではない。腐った牛乳、黴《か》びたモナカ、巨大な魚の唐揚げなどにやられた。吐いたり、下したり、発熱したり、どれも苦しい体験だった。

でも、二度と食べられなくなるほどではない。やはり、当たる界のスーパースター牡蠣とは次元が違うんだろう。

とか云いつつ、人間同士の深い共感よりも目先の牡蠣、というわけで、食べられないひとを後目《しりめ》に「悪いね」などと云いながら、おいしく戴《いただ》くことになる。

ちゅるり。

ちゅるる。

ちーちゅ。

ああ、うんまい。

ちらっと様子を窺うと、食べられないひとは特に残念そうでもなく、穏やかな眼差しで我々の姿をみている。

ひょっとして、と私は思う。心のなかで「当たれ！」と念じているんじゃないか。まさか。

でも、もしも自分ならそう思うと思う。

「当たれ！　いっぺん当たって、おまえもひとの心のわかる人間になれ！」

そんなのって性格が悪いだろうか。

私は性格が悪い。

でも、幸か不幸かまだ当たっていません。

生牡蠣は今日もちゅるちゅるとおいしく、私にひとの心はわからぬまま。

このまま当たる日まで食べ続けるんだろうな、と思う。

牡蠣は新鮮なら当たらないというものでもない、という話をきいたことがある。どんなに新鮮でも当たるときは当たる、と。

なんておそろしい食べ物なんだ。

「じゃあ、当たるか当たらないか、なにで決まるの？」と尋ねると、「現在の科学では解明されていない」という答。

それでは防御不可能。

全ては運ということじゃないか。

まさに、オイスター・ロシアン・ルーレットだ。

いつの日か、私の顔にもあの穏やかな微笑みが浮かぶ日がくるのだろうか。

逆ソムリエ

私はお酒に弱い体質で、せいぜいビールをコップに一杯くらいしか飲めない。だからワインなどを飲む機会もなく、ソムリエという職種のひとにも縁がない。ただ、なんとなく勝手なイメージだけはもっている。私のなかのソムリエは、お客さんの好みをきいて、「それでしたら八八年もののマギーブイヨン（ワインの名前をよく知らないので仮名です）などいかがでしょう」とお薦《すす》めの銘柄を教えたり、「森の奥で振り向いた仔鹿《こじか》の瞳に映った朝靄《あさもや》のような香りでございます」とその魅力を表現したりするひとだ。

ワインの知識もさることながら、その香りや味や喉ごしや後味について言葉で説明するというのは、とても高度な作業だと思う。例えば、「爽《さわ》やかな味」と云ってもお客さんには殆ど何も伝わらないだろう。どんな風に「爽やかな味」なのかを「それ」を飲んだことのない人間にもイメージできるように表現する必要があるのだ。「森の奥で振り向いた仔鹿の瞳……」はともかく、ちょっと離れたところから思いがけない言葉をもってくることが「それ」の魅力を伝えることに力を貸すのではないか。

ソムリエに限らず洋服屋などにもこの能力が発達した店員さんがいて、そういうひとに当たると、普段の自分なら見送る筈のものをつい買ってしまったりする。「最高級品です」とか「お似合いですよ」とか、普通に勧められてもなんとも思わない。そんな言葉には慣れている。でも、思いがけない角度から「それ」の魅力を伝えられると、つい説得されてしまうのだ。

以前、片岡義男さんのエッセイを読んでいたら、こんなことが書いてあった。お店で運転用の手袋をみていたとき、そっと近づいてきた店員が耳元で「アウトバーンをふっ飛ばすときのグラヴですよ」と囁《ささや》いたというのだ。そのひと言で片岡さんの心が動いたらしい。なるほど、と思う。おそらくその店員は店を訪れる客たちとのやりとりのなかで、少しずつ言葉の精度を練り上げていったのではないか。

実は、私のあたまのなかには逆ソムリエが住んでいる。ソムリエならいい。「それ」の魅力を言葉で補強してくれるから。ところがこいつはその逆をやってくれるのだ。

いつだったか、駅前のパン屋でおいしいパンをみつけた。大きめのクッキーくらいのサイズが六個入りになったそれは全体がしっとりとした口当たりでほの甘い。まさに私の好みにぴったり。気に入ってよく食べていた。ところが或る日、それを口にしたとたん、脳内に声が響いた。

「店長がひとつひとつ丁寧に口に入れてはまた出したパンでございます」

う、と思う。逆ソムリエの仕業だ。勿論このパンはそんなんじゃない。全体がしっとり濡れているのは蜂蜜っぽいものが浸透しているせいだ。が、怖ろしいことにいったん「口に入れてはまた出した」と云われると、そうとしか思えなくなる。まさにそんな感じなのだ。おかげでお気に入り度はかなり下がってしまった。

また昨年北海道に行ったときのこと。初めて生キャラメルというものを食べて驚いた。なんて柔らかいんだ。私は未知の食感に感動して沢山買い込んだ。そして、東京に戻ってからも時折冷蔵庫から出してきては楽しんでいた。そんな或る日、奴が話しかけてきた。

「柔らかいでしょう?」

「う、うん」

「夢のようですよね」

「う、うん」

「口溶けも最高」

「う、うん」

「実はこちらは……」

「あ、いい、いい。ききたくない。それ以上云わないで」

「最高級の肉の脂身を練乳で固めたものでございます」

それ以来、冷蔵庫の生キャラメルが減らなくなってしまったのだ。

「どっちかカレー」現象

先日、或る編集者と御飯を食べながら打ち合わせをしていたときのこと。不意に彼女が云った。

「カレーは温かいのがいいって云う人が多いけど、私は御飯かルウのどっちかが冷たい方が好きなんです」

「おおっ、俺もです！」

興奮のあまり、思わず一人称が「俺」になってしまった。だって、人生の四十五年目にして初めて出会ったのだ。「御飯かルウのどっちかが冷たいカレーが好き」。そう断言するひとに。仲間だ。私は小学校時代の同級生と小田原城の天守閣で偶然再会したとき以来の「まさかこんなところで友に会えるとは感」に襲われた。

「温かい御飯に冷たいルウ！」

「冷たい御飯に温かいルウ！」

私たちは盛り上がった。それにしても、このような組み合わせの「どっちかカレー」の良さは一体どこにあるのだろう。熱さを気にせずにぱくぱく食べられるところか。確かにそれもあるけど、なんだかカレーライスの味自体も、「どっちかカレー」の方がよくわかるような気がするのだ。食べ物にはそれぞれの風味に対する最適口内投入温度ってものがあるのかもしれない。

などと理由を探りながら、しかし、改めて考えてみると、このような私の好みはカレーの場合に限らないことに気づく。なんというか、食べ物についての微妙に詰めの甘い趣味とでもいうものに、自分は長年支配され続けてきたと思うのだ。

子供の頃から、しけったお煎餅《せんべい》が好きだった。「しけっちゃうから、ちゃんと蓋《ふた》しなさい」と云われるたびに、「しけった方がしんなりしておいしいのに」と不満かつ不思議に思っていた。でも、あまりにも確信に充ちた大人たちの口調の前に、その気持ちをはっきりと口に出して云うことができない。

或いは、気の抜けた炭酸飲料。一晩おいて優しさと甘みを増したコーラやファンタやキリンレモンは、奇妙なおいしさをもっていた。十年ほど前だろうか、初めて微炭酸という種類の飲み物をみつけたとき、あっ、と思った。やっぱり、という気持ちだ。気の抜けた炭酸がおいしい、と思っていたのは昭和四十年代。時代が私に追いつく（？）までになんという長い時間がかかったことか。

お煎餅や炭酸飲料以外の、より一般的なレベルでも、ケーキよりも菓子パン、高級なトリュフチョコレートよりもピーナツチョコに惹かれてしまうのだが、さらに考えを進めてみると、このような嗜好《しこう》性はどうやら食べ物に関してだけではないことに思い至る。

例えば、古いモノが好きと云いつつ装飾的なランプみたいな堂々たるアンティークは自分と無関係に思えてしまう。非常に洗練されている（らしい）音楽をきくと耳がついていかなくて苦しい。またあまりにもファッショナブルなモデルをみると綺麗《きれい》と思えなかったり、極度にスタイルの良い女性をみると性欲が起こらなかったりする。それよりも美人がぼろい格好をしていたり、普通の女の子がお洒落していたりする方にどきっとするのだ。これらもまた広い意味での「どっちかカレー」現象とは云えないだろうか。

混ぜ魂

テレビをつけたら、「納豆は一〇〇回以上混ぜることを推奨しています」と語っているひとがいた。たぶん納豆関係者の誰かだろう。混ぜることによって味だけではなくて栄養面もパワーアップするらしい。でも、一〇〇回ときいてびっくり。普段の私は七回くらいしか混ぜてない気がする。パックの蓋を開けて、上に乗っているビニールを剝がすと、豆が二、三個そっちにくっついていて、あー、と思う。めんどくさいのだ。そいつらを処理する段階で手が既に納豆臭い。さらにタレとカラシの相手をする必要があり、あの小さな袋がぬるぬるの指にひどく開けにくい。ちょっと力を入れると、ぴゅっと飛んで服についたり。その段階で、私の乏しい根気の残量は既に限りなくゼロに近づいている。ゆえにどうしても混ぜが手抜きになるのだ。

だが、その朝は試しに一五〇回ほど混ぜてみた。白い糸がめめーっと引きまくって、納豆じゃないみたい。いや、これが真の姿なのか。面白くなった私は、そこに生卵を加えてさらに混ぜてみた。白くてふわふわのものができあがる。それを御飯にかけて食べたら、とてもおいしかった。ちょっと反省する。

考えてみると、納豆に限らず、私の混ぜは常に甘い。お好み焼きのタネを混ぜているとき、「もっとぐるぐる」とかよく云われる。「当事者意識が足りないよ」と云われたこともある。会社で部長に叱られてるみたいだ。

昔のことだが、お好み焼き屋のおばさんに「魂が入ってない」と叱られたこともある。お好み焼きのタネで「魂」まで問われるのか、と思って怯《ひる》みつつちょっと不満。僕の混ぜに問題があるんじゃなくて、みんなの方が神経質過ぎるんじゃないか。ほら日本人は細かいから。

ところが、昨年行ったベトナムはホー・チ・ミンでのこと。裏通りの食堂で私はチェーというベトナム風の冷やしぜんざいを食べていた。ひんやりほの甘くてとてもおいしい。それが残りが半分ほどになったとき、不意に目の前が暗く翳《かげ》る。顔をあげると、お店のお姉さんが立っていた。私のチェーを指さしてしきりに何かを繰り返している。どうやら、もっとよく混ぜろ、と云ってるらしい。私が戸惑っていると、目の前のチェーに、食べた分以上の小豆《あずき》と氷とハスの実とココナッツミルクとタピオカがだーっと注がれた。サービス？　いや、これは「指導」だ。おそるおそる混ぜると、お姉さんは首を横に振った。そして私の顔をみながら「●♯□※▲♭〇」。何を云ってるのかわからない。が、まさか、「魂が入ってない」なのか。焦《あせ》った私は懸命にぐりぐりと混ぜて、なんとかＯＫを貰った。

日本に戻ってから、チェー増量事件を振り返って不安になる。お姉さんに日本人の混ぜは甘いと思われただろうか。私のせいで日本人全体の評価が下がったらどうしよう。私はいつかのお好み焼き屋のおばさんがベトナム旅行に行って、偶然あの食堂を訪ねることを夢みる。彼女がチェーを前にしたとき、お好み焼きで鍛えた高速の混ぜが炸裂するだろう。それを目撃した増量お姉さんは目を瞠《みは》る。

「いい混ぜだわ。あなたなかなかやるわね」

「私の手の動きがみえるの？」

「ええ」

「あなたこそ、なかなかやるわね」

「私はもう少しで日本人を誤解するところだった。日本にも素晴らしい混ぜ魂の持ち主がいることがわかってよかった」

「日本に来ることがあったら、私の店に来て。お好み焼きをごちそうするから」

「オコノ……、それは何？」

「来てのお楽しみよ」

「混ぜるのね」

「混ぜるわ」

「わかった。いつかきっと行く。待ってて」

「ええ、待ってるわ」

ふたつの熱い混ぜ魂は見つめ合い、固く握手を交わして別れるのだ。

エレベーターで林檎

昔読んだ小説のなかに、主人公の女性がエレベーターのなかで林檎を齧るシーンがあった。密室だし、周囲のひととの距離が近いし、さくさく音もするし、「ちょっと我慢すればいいじゃん」と思われるから、かなり勇気が要《い》る行為だと思う。だからこそ、印象的な場面として作中に描かれたのだろう。

「エレベーターで林檎」的な行為のなかで、現実の自分が自然にできるのはどのレベルまでだろう。例えば、電車内の場合。ずらっと横並びの座席でおにぎりや菓子パンを食べるのはちょっと抵抗がある。なのに、同じ電車でも四人がけのボックス型ならまあOK。この感覚の違いはなんなんだろう。

前者の方がより「公共」のスペースだから慎まなくては、ということだろうか。勿論、横並び状態で堂々と食べるひともいるし、ボックス席でも恥ずかしい、いや、新幹線でも駄目というひとも知っているから、この辺りの判断についてはかなりの個人差、年齢差、性差、地域差がありそうだ。

若い女性なら恥ずかしがるかというと、そう単純でもないらしく、山手線のなかでカップラーメンを食べている女子高生を二回みたことがある。シュールな光景だった。こっそりじっとみてしまう。お湯、どこで入れたんだろう。

　先月沖縄行きの飛行機に乗ったときにも、手荷物&ボディチェックの際に、私の前の女性はアイスキャンディーを齧りながらゲートを潜っていた。トロピカルリゾート気分？　でもまだ羽田だ。あまりの緊張感の無さに、これはバカンスに浮かれた風を装ったテロリストかも、と深読みしてしまう。違いました。

　また、自宅から駅に向かう道では、パンなどを食べながら足早に歩いてくる女性とよく擦れ違う。これは私の住んでいる町の特性もあるだろう。中央線（東京）なのだ。

　でも、上には上がある。以前、知人がこんなことを云っていた。

「大阪の外れにある大型書店に勤めてたんですけど、夕方になるとフロアに沢山つまようじが落ちてるんですよ」

「本屋につまようじ？　どうして？」

「みんなタコヤキを片手に入ってくるからです」

　うそー、と思ったけど、本人は真顔だった。本当なのかなあ。さすが大阪。大阪伝説だ。

　電車でパンとか歩きながらおにぎりなどは、一種の緊急事態というか、お腹が空いて時間がなくて仕方なくというケースが多いと思うけど、もっと積極的なパターンもある。

普段とは違うシチュエーションで食べるのがおいしいとか嬉しいとかいうケースだ。

ピクニックランチとか駅弁などがその代表だと思うけど、私の乏しい経験のなかでは、夜に車を運転しながら飲む珈琲は不思議においしいと思う。信号待ちまで我慢する不自由さもいい。そういうときに限って妙に信号の繋《つな》がりがよかったりする。車内に珈琲の香りが充ちて、流れている音楽と混ざり合うような感覚のなかで、早く飲みたいなあと思いながら、でも信号は見渡す限り青。夜の国道をどこまでも進んでゆく。

一方、失敗だったのは昔ラブホテルで食べた鰻《うなぎ》だ。窓のない部屋で鰻に山椒《さんしょう》を振りかけてお吸い物を飲んでいると、うまいとかまずいとかいうよりも暗い気持ちになった。ああいう場所では、もっとカジュアルな食べ物が正解らしい。だが、これにも上には上があって、松田優作だったかの主演映画のなかに、セックスをしながら枕元に並べた食べ物をむしゃむしゃ食べるシーンがあった。野性的な狂気のアピールということだろうか。かっこよくみえたけど、改めて考えると難しい演技だと思う。

そういえば、トライアスリートは走りながらバナナとか食べてるけど、あれはどんな気分なんだろう。味なんか問題にならない純粋な栄養補給って感じなのか。それとも疲れた体にとろけるようなおいしさなのか。

かっこいいおにぎり

小学生のとき、母親のつくってくれるおにぎりが嫌だった。運動会とか遠足とか誕生会とか、さまざまな場面でおにぎりという食べ物は繰り返し登場する。そのたびに微妙にネガティヴな気持ちになった。

母のおにぎりは、大きくてまん丸で海苔が全面にびっしりと巻いてある。みたところ黒いボールだ。子供心に「なんか、かっこわるいなあ」と思ったのだ。

或る日、思い切ってそう告げると、母は心外そうに云った。

「じゃあ、どんなおにぎりならいいの？」

私は応えた。

「ターちゃんのおばちゃんのおにぎりみたいなの」

ターちゃんはその頃いちばん仲良かった友達である。ターちゃんのおばちゃんのおにぎりは、小さめで三角で海苔が部分的に巻かれていた。ぺたりと貼り付けられた海苔に対して角っこのところは白い御飯のまま。そのコントラストがなんだかかっこよく思えたのだ。

私のたどたどしい説明をきいた母は「なーんだ」と云った。

「そっちの方が簡単だよ。海苔だってちょっとしか使わないし」

でも、と私は思った。お母さんのおにぎりは海苔を沢山巻き過ぎていて、海苔と海苔が重なっているところが浮き上がってもさもさするんだ。勿論、その言葉は口には出さなかった。

「なーんだ」と云った割には、母のおにぎりは変わらなかった。中学、高校、大学、私が大人になるまで、ずっと黒いボールのまま。何か信念があったのか。それともああしかつくれなかったのだろうか。今となっては懐かしい気がする。もう一度食べてみたいものだ。

中学校に入ってから、初めて俵型のおにぎりというものに出会ってショックを受けた。なんてかっこいいおにぎりなんだ。ターちゃんのおばちゃんのおにぎりよりもかっこいいよ。私のなかのおにぎり番付は更新された。

それにしても、食べ物がおいしいはともかく、かっこいい、ってなんなんだろう。ひとが或る食べ物をかっこいいと思い込むのは、どういうメカニズムによっているのか。俵型のおにぎりのどこがそんなにかっこよかったのか。当時の自分の気持ちを振り返ってもよくわからないのだ。

それ以外に、かっこいい食べ物として憶えているのはシェイク。やはり小学生のとき、ホテルのレストランで友達のおじさんが注文したのをひと口飲ませてもらったのだ。「！」と思った。アイスでもない。ジュースでもない。でも、このどろどろはアイスよりジュースよりおいしい。なんて凄いものが世の中にはあるんだ。

中学生になって、マクドナルドに普通にそれがあるのを知ったとき、目を疑った。もっと、神秘的などろどろだと思い込んでいたのだ。しかも安い。私は狂喜した。「飲む飲む毎日飲む」と誓う。だが、不思議なことに実際にはそれほど飲まなかった。というか、たぶんシェイクって生涯で十回も飲んでいないと思う。あのショックや喜びや誓いは、一体なんだったんだろう。

かっこいい食べ物には、どうやらかなりの個人差があるらしい。大学のとき、レストランで席に着くなり、ひとりだけメニューもみずに「俺ボンゴレ」と云う奴がいた。彼のなかで「ボンゴレ」は単に好物という以上の食べ物だったのだろう。私がそれに気づいたのは、彼が「ボンゴレ」というあだ名をつけられてもちっとも嫌がらず、むしろ満足そうだったからだ。「ボンゴレ」と呼ばれる度に「俺ボンゴレ」と思ってうっとり……。刑事ドラマ「太陽にほえろ！」の「マカロニ」とか「スコッチ」みたいなものだろうか。ちょっと違うか。

つい先日、いちばんかっこいい食べ物は「わんこ蕎麦」という若者に出会った。変わった趣味だなと思いながら、「わんこ蕎麦」のどこがかっこいいのか尋ねたら、「リズムです」と云われてびっくり。味でも匂いでも食感でもなく、食べ物を「リズム」で選ぶとはさすが若者。

ヴィンテージ・ケロッグ

数年前に下北沢のアンティーク玩具専門店に入ったことがあった。ずらっと並んだ懐かしいオモチャたちをみて興奮する。あったあった、こんなの。あ、これ、もってた。これ、欲しかった。そのなかに意外なものを発見してしまった。「ケロッグ・コーンフロスト」「ケロッグ・シュガーポン」「ケロッグ・コンボ」。いずれも未開封で、それぞれ箱には虎と栗鼠《りす》とゴリラのイラストが描かれている。

え、と思う。これ、オモチャじゃないよ。でも、懐かしい。小学生だった自分にとって、テレビでセサミストリートを見ながらケロッグのコーンフレーク（シリアルって言葉は当時の日本にはまだなかった）たちを食べるのが唯一のアメリカ（？）的行為だった。思わず手にとってみると、一二〇〇〇円。うわっ、高。いや、確かにこんなかたちで残ってるのは、非常に珍しいだろうから適正価格なのか。でも、これ、いったい誰が何のために買うんだろう。賞味期限を三十年以上は過ぎてるよなあ。あたまのなかをくるくると考えが巡る。

懐かしいという感情は、当然のことながら、そう感じる本人の世代や年齢によって大きく影響を受ける。例えば、昭和三十七年生まれの私の場合、「ピンク・レディー、懐かしい！」というような声をきくと「？」と思う。ピンク・レディーは別に懐かしくないよ、最近じゃん。キャンディーズはちょっと懐かしいけど。「ひょうきん族、懐かしい！」も同様に、そうかなあ、と思う。ドリフの全員集合は懐かしいけど。逆に、「力道山、懐かしい！」ときかされても、いやー、はー、でしょうなー、と云うしかない。

そんな私にとってケロッグ三兄弟はど真ん中の懐かしさだった。確かこれ、銀紙っぽい袋のなかにシリアルと一緒におまけのフィギュアが裸のまま入っているのだ。食べ物と直接同居ってのが今ではあり得ない感じ。このなかにも入ってるんだなあ、と箱を撫《な》でながら思う。幼馴染《おさななじ》みに再会したいと思うような感覚で、一二〇〇〇円払っても粉まみれのフィギュアに会いたい、と三％くらい思った。

現在の私が最も懐かしく感じる飲食物は何かというと、それは砂糖入りの麦茶である。若者にその話をすると、「気持ち悪い」と驚かれたり、「そんな飲み物あるんですか？」と云われることもある。ある、というか、つくるんです。当時は子供のいる家庭ではそれなりにポピュラーだったと思う。勿論ペットボトルなんかじゃない。家庭でつくった麦茶を硝子《がらす》の瓶に入れたものが冷蔵庫に常備されていたのだ。大人用の砂糖なしと子供用の砂糖入りが二本。

白いランニングシャツ姿の子供たちは外遊びから戻って来るなり、がっと冷蔵庫を開けて砂糖入りの麦茶を飲む。友達のターちゃんやゆうくんも、自分ちじゃないのにどれが砂糖入りの瓶かをちゃんと知っていて勝手に飲んでいた。当時は大人たちも人の家の玄関先まで入ってくるのは普通だったし、お醬油の貸し借りなどもあって、ご近所同士のつきあいが濃密だった。まだ熱中症という言葉もなく（日射病と云ってたかな、でも何故か倒れるひとは今よりずっと少なかった）、大人も子供も水道水を直接飲んでいた時代の話である。

砂糖入りどころか、今では麦茶そのものがウーロン茶にその地位を奪われてしまった。嘗《かつ》て夏の定番だったカルピスも、一度はカルピスウォーターというかたちで復活したが、嘗ての勢いはない。バヤリースオレンジやリボンシトロンやネクターなんかは今でもあるのかな。いずれも懐かしい飲み物たちだ。他にも粉末ジュースや缶詰タイプのジュース（小さな金具がついていて、これで二箇所プシュッと穴を開けて飲む。飲み口の他に空気穴がないと出てこないのだ）。オレンジジュースが噴水のように噴き出しているジュースマシンは、デパートの階段の踊り場などに置かれていた。それから、新幹線のなかでは冷水を袋状の紙コップで受けて飲んでいたっけ。底がないからずっと手に持ってないと駄目だった。ひとつ思い出すと、次々に記憶が甦《よみがえ》ってくる。ということは、普段は全く忘れているのか。ケロッグとは違って、砂糖入りの麦茶は今でもつくって飲もうと思えばすぐに実行できる。でも、やらない。白いランニングシャツで太陽の下に飛び出していかないように。

ぐだぐだ食

インターネットを眺めていて、フレンチレストランの食べ比べサイトに出会った。素材、味、盛りつけから、接客やコストパフォーマンス、さらにはレシピにまで踏み込んだレポートが実に丁寧で感銘を受ける。これを読んだだけで、実際にお店に行ったのと同じ気分になれそう。いや、私のように味覚が穴だらけ（ジュースやお菓子などが「何味」か舌だけでは判別できない）の人間にとっては、実体験以上かも知れない。

時間とエネルギーとお金を費やしてこんなサイトを運営しているのは一体どんなひと、と思ってプロフィールをみると、どうも二十代のＯＬらしい。給料の全てをレストラン巡りに注《つ》ぎ込んでいるので他の遊びや買い物はできません、とあって凄いなあと思う。

また先日、地元のラーメン屋にいたときのこと。ひとりで入ってきた男性客が、注文したラーメンが運ばれて来るなり、「写真撮っていいですか？」と店主に尋ねた。変わったこと云うなあ、店内の写真を撮りたいのか、それとも店主のか、などと思いながら私は様子を窺っていた。やはり戸惑い気味の店主がＯＫを出すと、彼は鞄《かばん》からデジタルカメラを取り出して慣れた手つきでラーメンを撮影。その後、ゆっくりとスープを啜《すす》り、目を閉じて微かに頷《うなず》いている。神聖な儀式をみているようだ。

きっと自分のブログ上に、写真と共にレビューを載せるんだろうなあ。ラーメンに特化した彼の場合、フレンチOL嬢よりもお金はかからなそうだけど栄養面で不安がある。あれは毎日か、下手したら毎食ラーメンに違いない。「写真撮っていいですか？」の機械的な口調からは、過去に何百回も口にしてきたという風格が感じられたのだ。

フレンチOL嬢やラーメン撮影マンほどではないにしても、食べ物に対するテンションの高いひとは私の周囲にも珍しくない。彼らの口から何度かきいた台詞はこれだ。

「死ぬまでに経験できる食事の回数は決まってるんだから、一回でもいい加減なものは食べたくない」

うーん、確かにその通りだけど、死ぬまでの時間の限定は生活の全項目に反映しているわけで、それが特に食に対してフォーカスされるところは個性だと思う。死ぬまでになるべく多くの土地を旅したいとか、なるべく沢山映画を観たいという方向に行くひとだっているだろう。そして、全てにフラグを立てると結局は「毎日を大事に生きる」になってしまうのだ。

「一回でもいい加減なものは食べたくない」ひとには、自分の食生活を知られたくないと思う。軽蔑されそうで怖いのだ。例えば昨日の夜、私はテレビで北京オリンピックを観ながらヨーグルトを食べていた。何かもうひと味欲しいなと思って、そこにシリアルを入れたら、ぱりぱりして、うん、いけるじゃないか、と嬉しい勢いがつき、さらに追加投入。気がつくとヨーグルトの方が先に無くなってしまったので、乳製品の援軍として牛乳を足して食べ終わったときには、すっかりお腹が一杯。いつの間にか食事が終わっていた。この料理を「ぐだぐだヨーグルト」と名づけよう。食べながら次々にかたちを変えてゆくライブ感溢れる新しい食の提案「ぐだぐだヨーグルト」、おいしくも楽しくもありません。

このようなぐだぐだ食の発生原理は、目先の欲望に簡単に負けるところにある。それがドミノ倒しのように加速すると良くない結果になるのだ。最初にヨーグルトを食べ始めた時点では単なるおやつ。後でちゃんとした御飯を食べるつもりだった。だが、そこにシリアルを入れた辺りで微妙に雰囲気が変わってくる。そのときはグッドアイデアだと思ったし、実際ぱりぱりとおいしかったのだが、グッドのなかに微かなバッドの芽が潜んでいたのだ。もしかすると、戦争とかもこんな風に始まるんじゃないか。

或るポイントで勇気をもって歯止めをかけないと、ぐだぐだはエスカレートしてしまう。最後にヨーグルトの残骸とシリアルの食べ残しが残った器に牛乳を入れた辺りでは、味的なピークはとっくに過ぎていて、見た目も汚く、すっかり気持ちは沈んでいる。ただ目の前の事態と食欲にケリをつけてしまいたい、という敗戦処理の様相を呈しているのだ。

他にも、ちゃんとお皿に移さないで食べるとか、ラップを半分だけ剝がして隙間《すきま》から食べるとか、フォークを使うべきものをスプーンで強引に食べるとか。一回きりの大切な食事をぐだぐだ食に堕落させるためのトラップは至る所に張り巡らされているから、気をつけて。

飲食店の脳内レベルアップ

「なんか食べようか」と云い出してから、かなり時間が経っても、食べ物屋さんに入れないことがある。お店がないわけではない。今の東京ではどこでもそれなりに並んでいる。なのに、いや、だからこそだろうか、迷ってしまって決められない。うろうろと歩き回って、店外のメニューをみたり、店内を覗き込んだりして、「うーん、まあ、ここでもいいんだけど」と呟きつつ、また歩き出してしまう。その繰り返し。

そんなに高望みをしているつもりはない。なのに、決めることができない。「ここでもいい、どこでもいい」と口では云いながら、幽霊のように彷徨《さまよ》ってしまう。

しかも、そんな風に迷っている場所が吉祥寺だったりする。「こんなお店だらけの街でみつけられないなんて、おかしいぞ自分」と思ってますます焦る。そして、さんざん迷った挙げ句に居酒屋のチェーン店に入ってしまったり。あの時間と歩数と迷いと焦りはいったいなんだったんだ。

「どこでもいい」と云いつつ、確かに私には苦手なお店が多いのかもしれない。例えば、

・カウンターだけの店
・テレビのある店
・常連さんの笑い声のきこえる店
・お酒の種類の豊富さが自慢の店
・ディープ過ぎるエスニック系
・つるんとした外観の鮨《すし》屋
・チェーン店

などなど、できれば避けたいと思ってしまう。しかし、これらを除いたとしてもまだかなりの可能性が残されている筈だ。あんなに迷ってしまうのは謎である。

今、思い返してみると、もっと選択肢がない困難な状況をうまく切り抜けたこともあるにはある。携帯電話でお店を検索したとかではない。現実には指一本触れることなく、脳内で状況を好転させたのである。

あれは数年前の都内某駅でのこと。十六型のテレビと梟《ふくろう》の置物とぐちゃぐちゃのスポーツ新聞が共存しているような怪しいスナック喫茶に、友人の女性と一緒に入る羽目になった。他に選択肢がなかったのである。

そのとき、我々は「ここは旅先」と思い込むことにした。すると、どうだろう。変な内装や変な接客や変な歌声が、「旅先」で偶然入った店特有の味わいのように感覚されて、それまでの追いつめられた気持ちから、微笑む余裕が生まれたではないか。脳内疑似旅情の力によって、全ての変を一期一会《いちごいちえ》のスパイス化することに成功したのである。この経験に味を占めた私は、それ以来、しばらく探しても良さそうなお店がみつからないと、諦めて今日は「旅先」にするか、と考えるようになった。

このバリエーションとして、タイムトラベル篇がある。例えば先日、偶然入ることになった喫茶店に「和風スパゲティ」があった。おお、と思う。懐かしい。最近みない名前だ。最後に食べたのはいつだったろう。他のメニューもいまひとつな感じだったので、思い切ってそれを頼んだ。そして、心の方をまだ「和風スパゲティ」が新鮮だった時代に飛ばしたのだ。

みーんみーんみーんみーん（蟬《せみ》）。一九八一年、夏。僕は大学一年生だった。町には「ルビーの指環」が流れ、メンズビギのシャツの裾をジーンズにしっかり入れた僕の体重は五十七kg、まだコレステロールという言葉すら知らなかった。生まれて初めてできたガールフレンドと一緒に入ったお店に、そのメニューはあった。「和風スパゲティ」。「おかしな名前のスパゲティだね」とふたりはくすくす笑う。「頼んでみようか」「うん」「いいの？」「いいよ」「ほんとに頼んじゃうよ」「うん」……。

記憶の一部を捏造《ねつぞう》しつつ、私は目の前の、そして思い出の「和風スパゲティ」を夢中で食べた。うるうる。おいしい。おいしいよ。みーんみーんみーんみーん（蟬）。

苺を潰す

御馳走《ごちそう》が嫌いってひとはあんまりいないと思う。でも、その意味合いはひとによって違っている。何を御馳走と感じるかについては、生まれた家や育った時代の影響が大きいからだ。

昭和一桁《ひとけた》生まれの私の父にとっては卵やバナナが御馳走。いつだったか、バナナの皮を剝きながら遠い目で呟いていた。

「風邪で熱が出たときしか食べさせて貰えなかった」

へえ、可哀想に、と思いつつ、昭和三十年代生まれの私にとっては苺が御馳走。子供の頃、牛乳のなかに浮かんだり沈んだりする苺を、逃げるな、こいつめ、と楽しみながらいつまでもいつまでも潰していた。

少しずつ、少しずつ、牛乳がピンク色に染まっていく。

至福の時間だ。

そういえば、苺潰し専用スプーンというのは今もあるのだろうか。底が平らで、しかもざらざらになったあのスプーン。なんだか、最近みないような気がする。

いや、もしかすると、砂糖入りの牛乳のなかで苺を潰して食べるという行為そのものが既になくなった昭和の習慣なのかもしれない。

「苺を潰す？　なんのために？　え、牛乳のなかで？　牛乳ってミルクのことですか？」（想像上の平成生まれの言葉）

そうか、やはり意味がわからないか。苺を潰さない君等にはわからないことが他にもまだあるぞ。

グレープフルーツの切断面に砂糖をかけてスプーンで掬《すく》って食べる。

リンスをお湯に溶かして使う。

いずれも当時は凄くいいことと信じてやっていたのだが、今にして思えば昭和の一時期だけの風習だ。リンスとはコンディショナーのことなり。

グレープフルーツが夢の新フルーツとして食卓に登場したときの騒ぎは凄かった。

「佐野さんち、ゆうべグレープフルーツ食べたんですって」

そんな風に隣近所の話題になるくらい。

グレープフルーツはその名前からして、子供の私が知っていた「みかん」「りんご」「なし」「かき」「ぶどう」「バナナ」なんかとは次元が違っていた。

「グレープ」はぶどう、「フルーツ」はくだもの、ということは「グレープフルーツ」はぶどうくだもの。

でも全然ぶどうに似ていないのだ。

格好いいなあ。

大リーグでホームラン王になったこともある助《すけ》っ人《と》外人が鳴り物入りで来日、という感じである。「大リーグ」「助っ人外人」「鳴り物入り」、この云い回し自体が昭和だろうか。グレープフルーツ以来、あんなに騒がれた果物ってないんじゃないか。キーウィーの比じゃなかったよ。

そんな風につらつら考えてみると、父がバナナの他にもうひとつ囚われていた卵の呪縛からは、私自身も完全に自由ではないことに気づく。

今でもレストランでメニューの写真をみたとき、「それ」がなんであるかに拘《かか》わらず、とにかく「それ」の上に月見っぽく卵が乗ってるとおいしそうにみえて、つい頼みそうになる。いや、実際おいしいんだけど。でも、卵さえ乗っていればいいというのではグルメ失格だ。「それ」本体のことも考えないと。

と書いてきて、私の育った昭和四十年代はまだまだ貧しかったんだなと改めて思う。最近ケーブルテレビで当時の特撮SF邦画をよくやっているのだが、どの作品を観ても、怪獣と遭遇する宇宙船のなかにはカタコトの日本語を操る金髪美女が必ずひとり乗っている。どうしてだろうと思っていたけど、やっとわかった。彼女は憧れのグレープフルーツであり、同時に、とにかく乗っていればいいという意味での月見卵でもあったのだ。

確信ある人々

　大学時代に、ちーちゃんという女の子の部屋に何人かの友達が集まって遊んでいたときのこと。牛乳のパックを手にしたダイスケがちーちゃんに向かって云った。


「コップある？」

「もうちょっとしか残ってないから、そのまま口つけて飲んでいいよ」

「コップちょうだい」

「だから、そのまま飲んでいいって」

「牛乳はコップで飲まないとおいしくないいんだよ」

「あー、もうめんどくさい奴だなあ」


　ぼんやりとその会話をきいていた私は、へええ、と思った。「牛乳はコップで飲まないとおいしくない」というダイスケの言葉に感心したのである。そんなこと考えたこともなかった。

「めんどくさい奴」と云いつつ、ちーちゃんも笑っていた。普段はラフで気さくなダイスケのこだわりが面白かったのだろう。

飲み物と器の関係について、私自身が初めて何かを実感したのはそれから十数年後のことである。それも、ビールは薄くて小さなグラスで飲んだ方がおいしい、のかな、という程度のぼんやりしたものでしかなかった。

鈍いというか、センスがないというか、私には食べ物や飲み物についての自分なりの確信というものがもてないのだ。

だから、この店のラーメンがおいしいとか、パンがおいしいとか感じても、それを誰かに勧めたりすることができない。僕にはおいしいけど実はそうでもないのかもしれない、と思ってしまうのだ。

ワインのテイスティングを促されたりしたら、もう大変である。グラスに鼻を突っ込んでえへへへするだけのくるくるぱーだ。

このような食に対するセンスの無さは味覚の外にも及んでいる。

例えば、料理が一品ずつ出てくるようなコースの途中で、お腹がいっぱいになってしまうことがある。ペース配分が悪かった。パンを食べ過ぎたのだ。

パンが食べたくて食べたのならいいが、そうではない。食べ始めの空腹感につられてなんとなく手を出してしまった。

そのためにメインのお皿を最高のコンディションで食べられなくなって後悔する。しかも同じ失敗を何度も繰り返してしまう。

そんな私は食に対する確信の深いひとをみると眩《まぶ》しさに圧倒される。

以前、或る打ち上げの席でご一緒した女性作家のKさんの姿を思い出す。「肉が好きなんです」という彼女は前菜もスープも予め断って、メインディッシュに備えていた。周囲のみんながサラダを食べたり、私が例によって曖昧にパンに手を出している間も、静かに飲み物だけを口にしながら、ただ「機」の訪れを待っている。

草原のライオンのようなそのストイックさは、肉が好き、という自らの確信の深さによって支えられているのだろう。

ついに肉が来た。目の前のお皿に向かって、ゆっくりとナイフとフォークを取りあげたKさんは特別なオーラを放っていた。

「牛より豚が、肉って感じがして好きなんです」と微笑む彼女に向かって、編集者のひとりが「チキンはどうですか」と尋ねたところ、こんな答が返ってきた。

「あれは魚です」

が一ん、となる。そうか、だからシーチキンっていうのか、と反射的に思いつつ、え？　あれ、えーと、シーチキンはもともと魚で、それがチキンってことは、うーん、と混乱してしまう。

Kさんの鋼鉄のようなひと言によって、もともと曖昧だった私の食世界がぐんにゃりと歪《ゆが》んだ。

男フードと女フード

ドッグフードとキャットフードをそれぞれ山盛りにしておいて、沢山の犬を放したら、どうなるだろう。全員がちゃんとドッグフードに向かって、迷うことなく突進するだろうか。それとも、なかにはキャットフードが好きな犬もいるのかな。

何故そんなことを考えたのかと云うと、人間の男女にも食べ物に関する好みの差があるように感じるからだ。その全てを個人差とは云いきれない隔《へだ》たりがあるんじゃないか。そもそもの風土や食文化が違う日本人とブラジル人の好みが分かれるとかなら、別に不思議じゃないけど、同じ環境で育った男女の間で嗜好の違いが生じるとすれば、それはどうしてなんだろう。

男フードの特徴に関しては、野菜より肉とか、とにかく丼物とか、カロリー主義的な単純さがあるから、女性にも直観的に理解できると思う。

でも、女フードの方には、私が男だからということは無論あるけれど、謎が多い。男フードに比べて女フードは、もう少し複雑というか、微妙なところをついてくるように思えるのだ。

いもたこなんきん、みたいに昔から女性好みとされている食べ物は別として、女の人はこれ好きだなあ、と最初に感じたものは生春巻である。一緒にエスニック系のお店などに入ると、彼女たちは当然のようにそれを注文して食べる。

いや、私だって生春巻はおいしいと思う。ただ、中身の具がなんなのか、もぐもぐ食べながらもいまひとつよくわからない感じが、ちょっとだけ物足りないときもある。まあ、中身だけの問題じゃなくて皮とのバランスが大事らしいし、きっとあのヘルシー感がいいのだろう、と勝手に納得しているけれど。

だが、女性には大人気の食べ物で、私にはその魅力がよく理解できないものもある。

例えば、ベーグル。

あれは、どこが、おいしいのですか。普通のパンとはやっぱり違うんですか。独特の食感がいいのかなあ。って、よくわからないと、なんでも「独特の食感」がいいのかな、と思ってしまいます。

でも、もちもちしてると云いつつ、実際に食べると意外にかたくて顎《あご》が疲れて、だんだん虚《むな》しい気持ちになってくる。

うっかりそう口走って、ベーグルファンの女性陣からブーイングを浴びたことがある。全然わかってない。ベーグルはおいしいよ。毎日ベーグルでもいい。ベーグルはね、深いんだよ。あ、ああ、そ、そう、いや、わかったよ。

でも、じゃあ、蕎麦粉のガレットは？

あれは、どこが、おいしいのですか。なんとなく、もそもそしてないかなあ。色々な具を上に乗せて食べるのは楽しいけど、肝心のあの部分がどうしても最善とは思えない。例えばピザなどに比べて必然性が弱いというか、何かの代用食みたいに感じるんだけど。なんて、こわいから口には出しません。

しかし、そんな私の思いとは裏腹に、街を歩いていると、ベーグルや蕎麦粉のガレットの専門店が幾つも目につく。ってことは、おいしいどころじゃなくて、それが独立したジャンルになるほどの高評価を受けて、存在意義を認められているわけだ。うーん、やっぱり私が遅れてるだけで最先端の男性は食べてるのかなあ。「キャットフード最高、わんわん」と。

あと、思いつくのはサラダパスタ。

食べればおいしいけど、サラダとパスタはどうしても組み合わせないといけないものなのか。どこか雰囲気で成立しているような位置づけの曖昧さにやっぱりもやもやする。このもやもや感をどこまでも遡《さかのぼ》ると、案外、幕の内弁当に対する違和感などにも通じているのかもしれない。

幕の内弁当は定番中の定番ってことになってるけど、鰻弁当なら鰻、シュウマイ弁当ならシュウマイ、ってそれぞれのアピールポイントがはっきりしてるのに対して、その持ち味はどこにあるだろう。いや、勿論、色々食べられるところがいい、というコンセプトはわかるんだけど、本膳料理の流れを汲《く》むとか云われても、僕たちが心から納得できるほどの君だろうか。どうしても「四番打者不在の打線」って感じがしてしまうんだよね。って、この喩《たと》え自体が男性向けか。

醤油かソースか

食習慣のちょっとした違いが嫁姑間や夫婦間での諍《いさか》いのもとになる、という話はしばしば耳にする。なんといっても食べ物についてのことだから、ちょっとした違いとは云っても、日々の暮らしにおける影響は大きい。

私は西瓜《すいか》に塩をかけるのが苦手なのだが、知人の家に行ったときなどに「さあどうぞ、甘いですよ」という言葉とともに、いきなり塩を振られることがある。あっ、と思ったときにはもう遅い。西瓜には塩、と相手は思い込んでいるのだ。ちょっとした食い違いだが、だからこそダメージは大きい。むしろ西瓜を煮るとか焼くとか、想像もつかない方法で出される方がまだいいような気もする。そこまでされれば、こちらも意識を切り替えることができる。調味料レベルのズレが一番困るのだ。

ちょっとした食い違いだからこそ、ということで云えば、これは食べ物の話ではないが、北海道出身の私の母は「疲れた」ことを「こわい」と方言で云っては、周囲の人々を混乱させていた。

母「あー、こわいこわい」
友「え、何が？」
母「もうこわくてこわくて」
友「どうしたの何が怖いの？　大丈夫？」
母「だめだわあ」

　これが「こわい」ではなくて、「ほむい」とかきいたこともない言葉だったら、こんなことにはならないだろう。また「疲れた」のバリエーションとしての「しんどい」や「えらい」は普通に知られている。そこから「こわい」まではもう一歩。でも、その一歩が無限に遠いのだ。

　学生時代のガールフレンドは、食事の前にデザートを食べるというひとだった。お腹がぺこぺこでこちらはハンバーグセットが食べたいのに、いきなりマロンクレープから入るのだ。あり得ない、と思った。でも、つきあって食べているうちに意外に慣れることができた。あり得ないほどズレた習慣の方が、ときには学習しやすいということか。

　編集者のYくんとの打ち合わせ中に、そんな食習慣の違いの話になった。

ほ「有名なところでは『目玉焼きに何をかけるか問題』があるよね」

Y「そうですね」

ほ「醬油かソースか、それとも」

Y「ポン酢か」

ほ「ポン酢？」

Y「ええ」

ほ「ポン酢はないでしょう」

Y「いや、ありますよ」

ほ「目玉焼きに？」

Y「ええ、僕の実家の方じゃ、みんなそうしてます」

そうか、と思い出す。Yくんは徳島の出身なのだ。徳島といえばスダチ王国。以前仕事で行ったとき、刺身からグラタンにまで漏れなくスダチがついてきたのが印象的だった。目玉焼きにポン酢というのも、その影響力の強さからくるのかもしれない。それにしても、「醬油かソースかポン酢か」と何の迷いもなくYくんは云った。「醬油」「ソース」と肩を並べるほどの勢力をもつとは、おそるべし。

ほ「Yくん徳島だっけ」

Ｙ「ええ、そうです」
ほ「徳島では亡くなったひとのお骨を遺族が食べるんだよね」
Ｙ「しませんよ！」

あれ、と思う。確か徳島出身の別の友人が、お父さんのお骨の一片を食べたと云ってたんだけど……、あれは別の地方だったか。それとも純粋に個人的な行為だったのかな。私も最初にきいたときは驚いたけど、でも充分あり得る、というか、愛する人の骨を食べるって、或る意味では全く自然な行為だと今では思っている。

メニューその他の謎

初めて木のスプーンでカレーライスを食べたとき、口当たりの良さに驚いた。今まで金属のスプーンを使っていたのはなんだったんだろう、と思う。

でも、実際にはほとんどのお店などでも、金属製のカトラリーが用いられている。あれは、どうしてなんでしょう。

何か理由があると思うんだけど、わからない。改めて考えてみると、金属を口に入れるのって、食感的にも潜在意識的にも、結構ネガティブだと思うのだ。

ナイフは金属じゃないと切れないし、フォークも用途によっては木製では機能しにくいとか、あるだろうけど、スプーンは木製で問題ないんじゃないかなあ。口当たりも良いし、軽いし、スープを掬《すく》っても熱くならないし……。

もっと単純なパターンでは、お店の醬油差しが漏れたり、逆に詰まったりしていて、ショックを受けることがある。

醬油差しって機能がそのまま名前になってるような存在なのに、それが「できない」なんて。じゃあ、この物体は一体なんなの。メーカーはテストしないのかなあ。

そういうモノがしっかり生き延びているのがまた凄い。ちゃんとつくられて、ちゃんと売られて、ちゃんと買われて、今、まさに私の手のなかでちゃんと醤油を漏らした。その事実にびっくりする。どうして淘汰《とうた》されないんだろう。

そういえば、私の家で使っている急須《きゅうす》は、最後までお茶を注ぎ切ろうとして傾けると、蓋がずり落ちてしまう。つい忘れていて、何度も落としてしまうのだ。その度に、あー、と思う。落ちないようにつくって欲しかった。この角度まで傾けるのは、当然予測できる筈なのに。

先日、中国茶の専門店に行ったら、「急須の蓋が落ちやすいのでご注意ください」という貼り紙があった。ここにも、と思う。メニューに何十種類も載っているおいしいお茶と、店中にカランカランと響き続ける蓋の音にギャップがありすぎる。

スプーンや醤油差しや急須のような道具問題以外にも、食べ物を巡る決まり事や習慣やシステムのなかには、何故そうなっているのか、よくわからないものがある。

例えば、多くの食べ物屋さんで、温かいお茶は無料なのに冷たいお茶は有料なのはどうしてなのか。原材料的には変わらないわけだから、温めるよりも冷やすのにコストがかかるのかなあ。でも、〇円と三〇〇円とかでは差がありすぎると思う。

オーダーの最後に店員さんから「お飲み物はお茶で？」と訊かれると、「ただの飲み物で？」と云われているような気がして、一瞬怯《ひる》む。けど、考えすぎだろう。

また、お店の席数よりもメニューの数が常に少ないのも大きな謎だ。注文の後で必ずメニューは下げられて、追加で何かを頼みたいときは、「すみませーん、メニューください」から始めないといけない。

結果的に店員さんを二度呼ぶことになって、これはお互いにエネルギーのロスではないだろうか。

だが、そんなことにお店側が気づいていない筈がない。全ての席にメニューを置くくらい、やろうと思えば簡単なことだから、これは明らかに意図的なのだ。きっと何か理由があるに違いない。

でも、それがわからない。お店にとってメニューが少ない方がいい理由は何？　なるべく最初の一回で注文して欲しいってことだろうか。それにしては回りくどいような気がする。

漏れ続ける醤油差しや落ち続ける急須の蓋にはただ呆れるけど、少ないメニューのような、明らかに何か理由があって、それが自分にはわからないまま、不便さが維持され続けているものには得体の知れない恐れを感じる。

それらのシステムを司る神様に、理由を尋ねるのが怖い。

ほ「飲み物の自販機の取り出し口は、どうしてあんなに低い位置にあるんでしょうか」

神「知りたいか」

ほ「は、はい」

神「おまえの腰を破壊するためだ」

がーん。

デート食

「飲み会の席で女の子がシーザーサラダを頼んだ時点でもう駄目ですね。この子はパスって思います」

年下の友人がこんなことを云った。

私は驚いて聞き返す。

「どうして？」

「とりあえずシーザーサラダでも頼んどけって感じが嫌なんです」

「でも、心からシーザーサラダが食べたかったのかもしれないよ」

「違います」

「どうしてわかるの」

「目で」

うーん、と思う。なんて厳しいんだ。

彼とデートする女の子は大変だ、と思って、それから不安になる。

もしかして、世の中の女性たちも、心のなかではこんなに厳しいチェックの目をこちらに向けているのだろうか。

もしそうなら、気軽にシーザーサラダも頼めない。

一体、何なら大丈夫なのか。

それがわかるまで、うかつに身動きできない。

信頼できる消息筋から、彼女は温野菜ＯＫという情報を摑《つか》んで、安心して注文したとする。

でも、次の瞬間、それにかけるソースの選択が運命を分けるかもしれない。

ひとつひとつ確認してから事を進めようとしても、「シーザーサラダ頼んでもいい？」と訊いた時点で「ありえない」と思われるかもしれないのだ。

これは食べ物に限った話じゃない。

全てにおいて云えることだ。

そう思うと、うっかり映画にも誘えない。

車のなかでＣＤをかけようとする手も止まる（ラジオにしておこうかな）。

食べ物、映画、音楽、本、洋服、どんなジャンルであっても、何かひとつのものについて自分の意見を云うのがこわくなる。

「あれって……」のあとに、「いいよね」「やだよね」とふたりの声が重なったときの気まずさ。

以前、デートのときに入った喫茶店で、店員さんを呼び止めてバナナジュースを頼もうとしたことがあった。

そのとき、「最近、お父さんがバナナジュースに凝《こ》ってて、毎朝つくっては私にも持ってくるんだけど、それが憂鬱《ゆううつ》なの」と彼女に云われて、静かに髪が逆立った。

「注文、変えなきゃ」という焦りによって、ウェイトレスがこちらに歩いてくる姿がスローモーションにみえた。

その後も容赦ない攻撃は続く。

「お父さんが食パンにピーナツバターを塗って食べるのが嫌。みてるだけで気持ち悪くなる」

ううう。

バナナジュースとピーナツバターパン、私はどっちも大好きだ。

でも、彼女にそう云われたとたん、急に不浄なものに思えてくる。

バナナジュースはジュースのくせにどろどろで甘ったるくて。
そういえば飲んだあとのグラスも汚いな。
ピーナツバターは口のなかがにちゃにちゃする。
もっと清純なものを食べるべきだよ。
特にデートのときは。
でも、清純な食べ物ってなんだろう。
やはりあれだろうか。
蕎麦粉のガレット（ベビーリーフサラダ添え）……。

ところてんの謎

或る夫婦がセックスの仕方を間違えていたために子供ができなかった、という話をきいたことがある。一体、何をどう間違えていたのか、おそろしくて尋ねることができなかった。

原則的に参加者がふたりのセックスでさえ、そんなことが起こるのだから、例えばトイレのように個室でひとりという行為には、どんな間違いがあっても気づかないだろうな、と思う。

最初にトイレの作法を学ぶ幼児期を逃してしまったら、その後は気づく機会がない。とんでもない間違いがあっても、そのまま一生いってしまうだろう。

心配しなくても親からちゃんと教えられる筈と思いつつ、指導する親本人が間違っていたらどうなるのか。親から子から孫から曽孫《ひ》へ、先祖代々トイレの仕方を間違え続ける呪われた血筋というものを想像する。

セックスや排泄《はいせつ》に比べれば、同じく人間の根源に関わる行為のなかでも、食というジャンルはオープンな環境下で行われるから、他人との比較がしやすい。箸の持ち方にしろ、調味料の使い方にしろ、何かおかしなところがあれば、食事を共にした人から指摘されるだろう。

でも、だからこそ、ある年齢に達するまでに「変だよ」という指摘がないと、自分の嗜好や作法がスタンダードだと思い込んでしまうことになる。

昨年、或る公開対談の席で、私は何気なくこう云った。

「ところてんは箸一本で食べるから……」

そのとき、会場が微かにざわめくのを感じた。なんだろうと思ってみると、客席のみんなの顔に「？」が浮かんでいる。

「箸一本って、どういうことですか」

「え、ところてん、箸一本で食べますよね？」

対談相手から質問が出た。みんなの顔に「そうそう」という表情が浮かぶ。

「食べませんよ」

「ところてんですよ？」

「そんなことしたら、滅茶苦茶食べにくいじゃないですか」

云われてみると、確かにそうだ。もともとつるつるで摑みにくいところてんを、箸一本で食べるのは非常に効率が悪い。でも、私は「それこそがところてん」だと思い込んでいた。理由は……、ない。たぶん子供の頃、親からそう教えられたのだろう。

「このなかで、ところてん、箸一本で食べる人？」

客席に向かってそう問いかけてみる。

一本も手が挙がらない。

しーん。

嘘。

一気に不安が押し寄せてくる。

遠い夏の日、私も親も周囲の人々も、滴《したた》る汗を拭きながら、ところてんを箸一本で食べていた。

あれは、夢だったのか。

家に帰ってからインターネットで検索してみて、やっと真相がわかった。

ところてんを箸一本で食べるのは、どうやら私が育った地域に特有の風習らしい。

そういうことか、とほっとしながら、でも、と思う。

今回はたまたま数件のヒットがあったからよかったようなものの、もしも〇件だったら、不安はさらに増大しただろう。

ところてんを箸一本で食べるのは、この世で私だけ？

では、あのきらきらした夏の日の記憶は……。

自分が実は人間ではないことに偶然気づいてしまったアンドロイドのような不安。
私は焦って、さらに精密な検索を続けるだろう。
明け方、やっと一件の記事に行き当たる。
自分以外にところてんを箸一本で食べる唯《ただ》一人の人。
充血した目でその画面をみつめながら、私は決意する。
この人に会いに行こう。
どこの誰かはわからない。
でも、運命の人だ。

小腹の罠

小腹が空いたなあ、と思うことがある。

何か食べるものあったかな、と冷蔵庫やお菓子置き場をがさがさ探す。

お、クッキー発見。ぼりぼりぼりぼりぼり。もっとないかな。うーん、魚肉ソーセージの残りか。いつのだろう。大丈夫かな。むしゃむしゃ。

まだ物足りない。もう何にもないなあ。あとは、のど飴だけか。仕方ない。そいつを立て続けに三つ齧る。ばりばりばりばり。

ふう。

甘い、しょっぱい、スースー、と食べたものの味がばらばらで、何だか気持ち悪い。それに、まだ落ち着かない。いや、むしろ、最初よりもお腹が空いている気さえする。

そのとき、体の奥の方から小さな声がきこえる。

え、何?

何が云いたいんだ、体よ。

「御飯、食べたい」

がーん、となる。

そんなあ。それなら初めからちゃんと御飯を食べればよかったじゃん。その方がずっと健全だったのに。無理矢理のど飴まで食べちゃったよ。

胃のなかのクッキー、魚肉ソーセージ、のど飴の上に、御飯が落ちていくところを想像してがっくりする。

「どうしてもっと早く、はっきりそう云わないんだ」

「だって、さっきはわからなかったんだもん」

自分の体と云い合いをする。

「小腹」という言葉も問題だ、と思う。「小腹」が空いたと思った段階で、御飯の可能性を意識から消去してしまったのだ。自分の言葉に騙された。

しかも、こういう失敗は初めてではない。月に何回か繰り返してしまうのだ。

どうして、こうなってしまうんだろう。体の声をきく力が弱いからか。それとも食に対する意識が甘いからだろうか。

Sさんなら、と友人のひとりを思い出す。こんなことは決してないだろうな。彼は常日頃から主張している。

「一生のうちに食べられる御飯の回数は決まっている。だから、一度たりとも疎《おろそ》かにしたくない、いい加減なものは食べたくないんだ」と。食に対する集中力が半端ではないのだ。

以前、Sさんと一緒にステーキ屋に行ったときのこと。

私たちの前を別の席のオーダーが通って、それがおいしそうにみえた。

おいしそうだね。あれなんだろう。などと云い合う。が、一瞬のことで、正体がはっきりとはわからない。ステーキは見た目がどれも肉だ。他人のオーダーを指さしてお店のひとに「あれなんですか」と尋ねるのも恥ずかしい。

だが、Sさんは諦めない。そのステーキの進路を目で追って、運ばれた先をじーっとみつめている。今更《いまさら》いくらみてもわからないのに、と思いながら、私は別の話を始めた。

数分後、彼が不意に云った。

「さっきのは特選和牛ヒレだね」

私はびっくりする。

「どうしてわかるの？」

彼は平然と答えた。

「あのお客さんの顎の動きをみて、噛む回数を数えたんだよ。ヒレのほむらさんより少なかった」

シャーロック・ホームズですか、あんたは。

外国御飯

戦時中に日本軍の捕虜になっていた外国人兵士が、戦後の裁判で「虐待された。毎日、腐った豆を食べさせられた」と主張した、という話をきいたことがある。

勿論、誤解なのだが、しかし、まあ、「納豆＝腐った豆」というのが一〇〇％間違いとも云い切れないところがややこしいと云えばややこしい。

二十一世紀の留学生だって、海苔をみて「ブラックペーパー？」と尋ねたりしている。これも海苔というものを知らないひとの目でみれば、まあ、自然な感想だよなあ、と思う。海中の藻の一種を漉《す》いて乾かしたもので、などといくら言葉で説明しても、なお訝《いぶか》しさは残るだろう。海苔だけを単体で食べても、そんなにおいしいって気はしないだろうし、やはり、御飯や醤油やお握りや海苔巻きを総体として知っていないと、海苔の理解も難しいんじゃないか。

「旅館の朝御飯」と云われて浮かぶイメージを共有できる我々にとっては、納豆も海苔も充分必然性のある食べ物なのだが、それをもたない相手に伝えるのは容易なことではない。

納豆も豆腐も醤油も味噌も原料は大豆だと教えられた外国人が、日本の食べ物は全部大豆でできているのか、と驚いた、などという話をきくと、「翻訳」によって抜け落ちるものの大きさを感じてしまう。

目にみえる現象の背後にあるものはなかなか伝わらない。ということは、逆も云えるのか。自分が外国に行ったとき、驚いたり、怪訝《けげん》な気持ちになることがあるのだが、それを変と思うのは間違いで、必ずなんらかの必然性があるのだろうか。

コペンハーゲンで食べたソフトクリームはぬるかった。見た目と味は私の知っているソフトクリームと同じだが、全く冷たくないのだ。一瞬、こちらの舌というか体調の方が狂ったのか、と思ってびっくりした。あれは、どういうことだったんだろう。

またオーストリアのリンツで食べた名物のカツレツ「ウインナーシュニッツェル」のつけあわせはジャムだった。反射的に「何故？」と思う。この国にだって、ソースはあるよね？　なのにどうしてわざわざジャムを。

それとも、私の目には「トンカツ」と「ジャム」にみえてしまったけど、あれも「納豆＝腐った豆」式の勝手な脳内「翻訳」で、実体は違ったんだろうか。でも、試しに塗って食べたらやっぱり甘かったんだけど、いや、それを云えば納豆も食べてもちゃんと（？）腐った豆に思えるか、糸引いてるし。

一方、現象の背後の必然性めいたものが、なんとか理解できるケースもある。先日フランスに行ったとき、現地在住の日本女性からこんな話をきいた。

　フランス人のホームパーティーに招かれたとき、テーブルに水のボトルが出ていたので冷蔵庫にしまっておいたら叱られた、というのだ。「誰だ、水を冷蔵庫に入れたのは。冷やしたら味がしなくなるじゃないか」。

　これは新鮮だった。日本の感覚ではペットボトルの水は味より冷たさ重視だよな、と思いつつ、別の価値観として理解はできる。同時に、対象が水というシンプルなものだけに彼我《ひが》の文化的な位相差を強く感じる。

　普遍的とも云える水だから辛うじてその違いが把握できたのだが、より強く風土に根ざした料理だったら理解が難しかっただろう。

　その話をきいたあとで、私はホテルに戻ってお風呂に入ろうとした。ところが、シャワーから水しか出てこない。お湯になるのに時間がかかるのかな、と思ってずっと待っていたけど、いつまでも冷たいまま。もしかして壊れてる？　と不安になりつつ、あれこれ調べ続けて、やっと原因がわかった。

「赤」と「青」の蛇口がふたつあったんだけど、なんと「青」の方がお湯だったのだ。がーん、となる。「青＝冷たい＝水」じゃないの？

　それとも、あれって、あの部屋だけだったのかなあ。にしても、絶対すぐに直すよな、日本だったら。

四分類

食べ物には四種類ある、と思いつく。

a昔も今も好きなもの
b昔は好きだったけど今は嫌いなもの
c昔は嫌いだったけど今は好きなもの
d昔も今も嫌いなもの

私の場合、a（昔も今も好きなもの）に当たるのは菓子パンの類だ。餡《あん》パンとかピーナッツバターパンとか麩《ふ》菓子とか、子供の頃から好き。ただ加齢とともに変化した部分もあって、和三盆《わさんぼん》糖とか晒《さら》し餡のようなさらっとした甘みに、より強く惹かれるようになってきた。

もともと高級なケーキとかチョコレートなどはあまり好きではない。というよりも、よくわからないのだ。舌のせいか脳のせいかわからないが、それらを口に入れても情報が複雑すぎて充分に味わうことができない。位の高そうなチョコレートを食べては「む、苦い。これ、高級だ」と思って、がっかりするのだ。なんというか、「昭和」の舌の限界を感じる。

b（昔は好きだったけど今は嫌いなもの）はなんだろう。昔ほど好きでなくなったものならあるが、今は嫌いとまで感じるものは思いつかない。昔ほどじゃなくなったのは、例えばピザ。自発的に食べたいと思うことは殆どなくなった。友人たちとシェーキーズの食べ放題に行ってテンションがあがりまくっていた高校時代が懐かしい。

それ以外に思いつくものとしては、さくらんぼ。大学時代にさくらんぼ農家のバイトをして食べまくって以来、なんだか執着がなくなってしまった。ひとが一生の間に食べられるさくらんぼの数って、決まっているんじゃないか。パチンコ屋のレジみたいに、通過したさくらんぼをカウントする装置が体内にあって、九九九九個を超えるとチーンとなるのだ。

c（昔は嫌いだったけど今は好きなもの）の代表はやはり野菜だ。子供の頃は、ネギとか全く存在理由がわからなかった。鍋や饂飩《うどん》に入っていても、単に邪魔なだけ。ところが、今では「あー、このぬるぬるした甘みがうまい」と思う。「油で料理した茄子《なす》って肉より肉だ」と口走って、「平成」の人々に怪訝な顔をされたこともある。

歳とともに野菜に目覚めるという傾向は一般的なものらしく、いつだったか、鍋の席で知人のひとりが、「ああ、四十超えると野菜がうまいなあ」としみじみ云っていたのが印象的だった。最初から野菜に好意的な女性などには、この劇的な変化は実感できないかもしれない。

d（昔も今も嫌いなもの）は、うーん、酢の物かなあ。もずく酢は好きだけど、それ以外で積極的に食べたいと思うものはない。「男性は酢の物苦手なひとが多いよね」という意見もきいたことがあるから、これもありがちな傾向なのかも。

それから、とろみのついた料理が駄目だ。あと、豆御飯、栗御飯の類。付加価値を上げる筈のとろみや豆や栗が、私の旧式な味覚センサーでは異物として認識されてしまうらしい。サラダに入った蜜柑《みかん》、ハンバーガーのパイナップル、生ハムメロンなど、同様の理由でNGである。

と、ここまで書いてきて、もうひとつのタイプがあるような気がしてきた。

e周期的に好きになるもの

好きになったり、そうでもなくなったり、を繰り返すものがあると思う。「鶏《とり》の唐揚は卒業だ。もう一生食べなくてもいい」と思って、ひとにも宣言した時期があったのに、何故か最近コンビニエンスストアの唐揚弁当をこそこそ買ったりしている。こういうことがあると、自分で自分が信じられなくなる。軽々しく「一生」とか云うもんじゃないな、と思うのだ。百歳を超えたら突然さくらんぼを食べ出したりして。

夢の「ふわふわ」

七夕《たなばた》のお祭りに行った。沢山の屋台が出ていて、とても賑やかだった。

この雰囲気、久しぶりだなあ、と思いながら、ぶらぶらと歩いているうちに、ハッカパイプのことを思い出す。吸うとすーすー甘い味がする不思議なパイプ。子供の頃、大好きだった。

よし、あれを買おう。ハッカパイプ、ハッカパイプ、と思いながら屋台をみてゆく。ところが、みつからない。ないなあ、ない、ない、と思っているうちに、とうとう通りの最後まで歩ききってしまった。ハッカパイプがない。今の子供には人気ないのかなあ。

仕方ない。わたあめにしよう。わたあめ、わたあめ。ところがわたあめ屋さんもみつからない。愕然《がくぜん》とする。お祭りといえばわたあめ、というくらいの代表的な存在じゃなかったの？

そういえば、と改めて思う。屋台通り全体の印象が昔とは随分違っている。ハッカパイプやわたあめの代わりに、何軒もの屋台で目立っていたのはこんな貼り紙たちだ。

「タコス、３５０円」
「サルサ&チップ、２００円」
「チヂミ、３００円」
「骨付きフランク、２５０円」
「トッポギ、２５０円」

なんだろう、この感じ。日本であって日本じゃないような。いや、日本の食べ物もあることはある。

「ほたて浜焼き、３００円」

何故わざわざ「浜焼き」なのか。でも、なんだかわかる。国籍はばらばらでも、これらの食べ物には、或る共通の雰囲気がある。独特のエスニック感というか。それらが集まった結果、現代の屋台はごちゃまぜのエスニックワールドと化しているのだ。
でも、それだけではない。もうひとつの特徴がある。それは実質化だ。これらの食べ物にはみんな実質がある。つまり、ちゃんとお腹にたまるというか、原材料と商品の価格差が小さいように思うのだ。

わたあめの原材料は、ひとつまみのザラメだけ。それで数百円っていうのは高いと云えば高い。でも、それはわたあめが「ふわふわ」してることの値段なのだ。ハッカパイプやカタヌキなんかも、そうだと思う。なんか不思議、とか、どこか妖《あや》しい、というところが魅力。つまり、数百円はコストパフォーマンス的な実質を問われない、わくわくするような夢の値段なのだ。

二十一世紀の屋台では夢が売れなくなっているのか。お祭りの空間をも経済のリアリズムが支配している。そう思うと、いろいろと目につくことがある。

例えば、金魚すくい。「一回、２００円」はわかるけど、その横にこんな貼り紙があった。

「持ち帰りできなくても大丈夫。あそぶだけでもＯＫ」

醒《さ》めてるなあ。子供の頃、金魚すくいをねだると、「持って帰っても、どうせすぐ死んじゃうよ」と大人たちに云われたものだ。なんだか、夢の世界に冷たい現実を持ち込まれたようで、とても悲しかった。でも、「あそぶだけでもＯＫ」のリアリズムは、また次元が違う。ここには最初から夢の入り込む隙間がないよ。

屋台通りの真ん中にある広場には、大きな笹が立てられていた。そこにみんなの願いが書かれた短冊《たんざく》が幾つも結ばれている。ひっくり返してみていたら、こんなのがあった。

「これ以上、電化製品が壊れませんように」

おお、リアリズム。ここまでいくと、逆に面白い。

完璧な朝食

ホテルの朝御飯が好きだ。

大きな窓から降り注ぐ陽射し、立ちのぼる湯気《ゆげ》、静かに食器の触れ合う音、親密な話し声。いいなあ、と思う。

でも、どうしてホテルなんだろう。優雅な落ち着きに充ちた朝食がそんなに好きなら、自宅で毎朝摂ればいいじゃないか。それならメニューは望み通り、好きな音楽だってかけられる。

けれども、そうはならないのだ。自宅のテーブルの上は常にごちゃごちゃしている。気持ちにもどこか焦りがある。

今日はあれとあれとあれをしなきゃ。それから、そうだ、宅配便の再配達も頼まないと。何時にしようかな。うっかり忘れて出かけたら大変だ。そもそも昨日玄関のチャイムを無視したのがまずかった。パンツ一丁だったから、まあいいやと思ったんだけど、ちゃんと出ればよかったよ。などなど、さまざまな日常のノイズに負けて、柔らかく降り注ぐ陽射しや立ちのぼる湯気をゆっくり楽しむことができない。

そんな私はテレビで女優さんを観ると思う。こういうひとは毎日完璧な朝食を摂ってるんだろうな。それから午前の仕事に集中して、休憩時間には美しいお菓子とお茶でエネルギーをチャージ、また午後の仕事に没頭して、夜は夕食と共にワインを楽しむ……。

ああ、そうか、と気づく。完璧な朝食っていうのはつまり完璧な一日、ひいては完璧な一年、さらには完璧な一生の象徴なんじゃないか。

だから、そんな毎日からほど遠い日常を送っている私が、朝食だけ真似しようとしてもうまくいくわけがないのだ。

旅先のホテルでそれが可能なのは、ぐだぐだな日常から束《つか》の間《ま》切り離された特別な時空間だからこそだろう。完璧を錯覚させてくれる舞台装置のおかげなのだ。

そういえば、他の記憶を引っ張り出してみると、雀荘《ジャンそう》で食べる中華丼なんかにも不思議に完璧な印象があったっけ。ホテルの朝食とはちがって、優雅にはほど遠いにも拘《かか》わらず、奇妙な安心感と落ち着きのある食事。

あれもまた日常から切り離された麻雀《マージャン》という小宇宙のなかで食べるからこそだったんじゃないか。宅配便もファクスもここまでは追いかけてこない。四人だけの世界。自由だ。

では、完璧な日常を実現しない限り、完璧な朝食は望めないものなのか。それは悲しいではないか。まずは一杯の珈琲からはじめたら、どうだろう。せめて珈琲一杯を優雅に飲んでみたい。

実は何度か挑戦したことがあるのだ。机の上をきれいに片づけて、好きな音楽を流して、丁寧に珈琲を淹《い》れて、宝物のカップに注いで、背筋を伸ばして。さあ、飲むぞ。ところが、完璧な珈琲に口をつけようとした瞬間、ざわざわする。ざわざわ。ざわざわ。ざわざわ。心が浮き足立ってしまうのだ。なんだ。これは。

「お茶とは美しい時間のこと」とは吉野朔実さんの漫画に出てきた名言だけど、私はたぶん美しい時間のなかに身を置くことに耐えられないのだ。だから、ざわざわしてしまう。

何故、そうなのか。日々の「しなきゃいけない」ことをきちんとクリアしていない私には、「何にもしない」時間を楽しむ資格がない。無理にやろうとすると、「何もしない」筈の時間に、日常の「しなきゃいけない」ことどもが声をあげながら入り込んで来ようとする。

「ずるいぞ。こんなところで。ひとりで。知らん顔して。優雅な振りして。まず俺たちを片づけろ」

「うるさい。俺の自由だ。よせ。来るな。おまえらはあっちへ行ってろ」

くそっ、珈琲の香りがわからない。

こんな云い合いをしながらじゃ、駄目だ。

気がつけば、完璧な筈の珈琲タイムがいつの間にかぐだぐだぐう。

伸びしろ

先日、大学生たちと話をしながら、ふと「この子たち、みんな平成生まれか」と思った途端にくらっときた。昭和が終わって、テレビ画面のなかに「平成」と書かれた紙が掲げられたのは、ついこの間のような気がするのに。みんな大きくなったなあ、小さいときを知らないけどさ。

それから、「この子たち、生まれたときからアイスクリームがハーゲンダッツか」と気づいて、さらにくらくらする。羨ましい、と一瞬思ったけど、しばらく考えているうちに逆に可哀想なのかも、と思えてくる。

だって、スタート地点がハーゲンダッツじゃ、その後の「伸びしろ」があんまり無いだろう。日本におけるハーゲンダッツの一号店開店は、確か一九八〇年代だった筈。それから二十数年経ったけど、アイスクリームってたぶんそんなに進化してないよ。

それに比べて、その前の二十年間、つまり私が生まれてから彼らの歳になるくらいまでの進化は凄かった。個人的なスタート地点は牛乳に砂糖を入れて固めたものなのだ。この自家製アイスは上の方に脂肪分が浮いてちょっとぬるぬるする。下の方は甘みも少なくてしゃりしゃりだ。

そこから市販の「おっぱいアイス」「メロンアイス」「ソーダアイス」「ホームランバー」などを経て、アイスクリームのなかにカラフルな氷の鏤《ちりば》められた「宝石箱」が発売されたとき、なんてお洒落で素敵なんだと興奮した。そんな自分を涙ぐましい気持ちで振り返る。

そして今、ハーゲンダッツがコンビニエンスストアで手軽に買える時代がやってきた。それをぺろりとひと舐めするたびに、走馬燈《そうまとう》のようにこれまでのアイスの歴史が脳を駆け巡るのだ。だからこそ、おいしい。

これは宮沢りえの写真集『サンタフェ』をみたとき、モデル、写真家、紙質の全てが変てこなエッチグラビアに始まるこれまでのヌード写真の歴史が走馬燈のように駆け巡ったことにも対応している。新聞を開いたとたん、『サンタフェ』の巨大なヌード広告が目に飛び込んできた朝を覚えている。近未来SFの出来事かと思ったものだ。

物心ついたときから、ハーゲンダッツと『サンタフェ』ってのは凄すぎる。まるで生まれながらの貴族じゃないか。

けれども、人生の楽しさは出発点の高さではなくて、その後の「伸びしろ」の大きさによって決まる。その点で庶民の塊のような私は逆に幸福だ。だが、それだけではいけない。いくら「伸びしろ」があっても、自分自身の伸びがついていけなくなっては意味がない。「もういい」と思ったところで全ては終わってしまうのだ。

でも、実は幾つかのジャンルで、私は「もういい」と思ってしまった。例えば、アイドル。最後にメンバーの名前を認識したアイドルグループってなんだったろう。「モーニング娘。」の時点ではすでに諦めていたと思う。「もういい、ついていけなくてもいい。俺を置き去りにして、君達はどこまでも行ってくれ」と。

そのときから、アイドルというジャンルにおける私の伸びはストップした。今では、なんだか、沢山の女の子が入れ替わり立ち替わり踊り続ける集団があるような気がする、というレベルだ。

メカもそうだ。「アイポットって」と口走って「アイポッドでしょう?」と人々に笑われた瞬間に「もういい」と思った。「ベッド」を「ベット」って云ってたお祖母《ばあ》ちゃんのことを思い出す。あのとき笑ってごめん、と心の底から反省した。

だが、アイドルやメカはともかく、食べ物についてはもう少しだけついていきたい。そのためには努力が必要だ。「エリンギ」が「エンリギ」じゃないことを、「ポルチーニ」が「ボルチーニ」じゃないことを、活字を睨《にら》んで確認。また人前で口に出す前に「バルサミコ酢」「バルサミコ酢」「バルサミコ酢」となんども唱えて練習。

それでもときどき不安になる。大丈夫か。ついていけているのか。だって、ショートパスタの種類は多すぎて朧《おぼろ》。それどころか、あいつの濁点の位置に未だに自信がないのだ。あいつってあいつだ。緑色のねろねろした、えーと、「アボガド」？　「アボカド」？　「アボガト」？

人生トラップ

日常には小さなトラップが隠れている。

数年前のこと。ベトナムから帰国した後、成田空港駅のキオスクで上下巻の文庫本を買ってから成田エクスプレスに乗った。座席に腰を落ち着けて、うきうきしながら本を開いたら、二冊とも下巻だった。ショック。

せめて両方とも上巻なら、まだ救いがあった。とにかく読み始めることはできるから。でも、下巻と下巻では手も足も出ない。「買ったときに注意してくれればいいのに、キオスクのおばさんひどいよ」と嘆きながら、空しく窓の外を眺め続けた。

その経験から私は学んだ。キオスクの文庫本は要注意。上巻だけとか下巻だけを売っている確率が高いのだ。

家庭内トラップというものもある。例えば、私の家の冷蔵庫。そこでは常備されたプリンやヨーグルトや納豆たちのなかに、賞味期限切れの個体が混ざっていたりする。

最初のうちは、このトラップによく引っかかった。が、今では慣れたので大丈夫。その都度、個体の日付をチェックして、NGのものはまた冷蔵庫内に戻しておくだけだ。

そのまま捨てればいいのはわかってるんだけど。たぶん妻にも同じような習性があるから、冷蔵庫が地雷原になるのだろう。

キオスクの上下巻トラップや冷蔵庫の賞味期限トラップは、学習によって回避可能な例である。万一引っかかっても、次から気をつければいい。でも、その一方で、どんなに人生経験を積んでも、防御不可能なトラップも存在する。

例えば、初めてのレストランで注文するとき、何品くらい頼めばいいのか、量の判断がつかないことがある。いちいちお店のひとに尋ねるのも躊躇《ためら》われるし、写真付きのメニューだからと大体の見当をつけてオーダーしたら、予想と全然ちがって、多過ぎたり少な過ぎたり、困るのだ。

写真から料理の内容を想像することはできる。でも、大きさの判断は案外難しい。なんとなく普通サイズの皿を想定して頼んだけど、出てきてびっくり、「こんな大皿だったのか」とか、「これ醬油皿じゃん」とか、ショックを受けることがある。写真の横に皿の直径を書いておくか、大きさ比較用の煙草を置いて欲しい。

そのような物理的なトラップ以外にも心理的なトラップがあって、これまた防御が困難だ。飲食店で注文したのとちがうものが出てきたとき、私は自分一人なら、まあ、いいや、と思ってそのまま飲んだり食べたりしてしまう。しかし、女性と一緒だったりすると、その瞬間にちょっとした緊張が走る。

店員さんに間違えられたのは、私の飲み物か、相手の飲み物か、それともふたりで取り分ける料理かによっても、状況は変わってくる。

それ以上に問題なのは、同席者の性格や行動パターンだ。咄嗟に、ちらっと顔をみるが、わからない。この件について、彼女はどう思っているんだろう。

「あれ、注文とちがうね、でも、まあいいか。これもおいしそうだね」

私にとっての標準的なこの対応に、自然に同調してくれるひとならいい。でも、裏目に出ることがある。「私、これ、嫌いなのに」とか「なにそれ、信じられない」とか「弱虫」とか思われたらどうしよう。

そっちの反応が来ることがわかっているなら、最初から毅然《きぜん》とした態度でクレームをつけるべきだ。しかし、裏目の裏目に出るかもしれない。「こんなことくらいで大人げない」とか「心が狭い」とか思われたらどうしよう。

「い、いや、ちがうんだ、いつもなら僕は、このまま食べちゃうんだよ。でも、今日は君が一緒だったから」

「何、私のせいってこと？」

こうなったら目も当てられない。自分一人ならなんでもないことなのに。絶対的な対処法というものの存在しない心理的トラップは怖ろしい。ちょっとした対応の誤りによって、ふたりの未来を変えてしまうのだ。

「おいしい」と「かっこいい」

安室奈美恵というひとを初めてテレビで観たとき、よくわからなかった。

七〇年代アイドルの時代に育った私には、安室さんの踊りや体型や顔は、なんというか高度過ぎたのだ。

でも、これがかっこいいんだろう、ということは薄々感じた。

だから、なんとか理解して受け入れようとした。

その努力は今も続いている。

ということは、まだ完全にはわかっていないのだ。

でも、努力の甲斐あって、最近では三〇%くらいいいような気がしてきた。

この調子でがんばれば、二〇三〇年くらいには私もアムラーになれると思う。

アムラーでいいんだっけ？

「そんなに無理しなくても、自分が自然にいいと思うもので生きていけばいいじゃん」

と云われることがある。

そうだろうか。

でも、自然にしてると人間は己の限界のかなり手前で「止まってしまう」ものじゃないか。

友「いや、無理してもしょうがないよ」

ほ「そうかなあ」

友「好きなものが好き、でいいじゃない」

ほ「かなあ」

友「そうだよ。ちなみにほむらさんが自然に可愛いと思うアイドルは誰？」

ほ「ウルトラマンのフジ隊員とウルトラセブンのアンヌ隊員」

友「……」

ほら、「……」ってなったじゃないか。

やっぱり、感受性と価値観のバージョンアップは必要なのだ。

新しい価値観は、まず「かっこいい」のかたちでやってくることが多い。

アイドルなら観た瞬間に「可愛い」と思えなくても、なんか「かっこいい」と感じる。

音楽なら聴いた瞬間に「大好き」と思えなくても、なんか「かっこいい」と感じる。

そういうものをできるだけ受け入れていこう。

「かっこいい」は未来の「可愛い」であり「大好き」なのだから。

食べ物についても同じことが云える。

食べた瞬間に「おいしい」と思えなくても、なんか「かっこいい」と感じることが大事なのだ。

レストランで初めて生ハムメロンというものを出されたとき、私は思った。

「間違い？」

でも、どうやら間違いじゃないらしい。

だって、ウェイターが堂々としてるもん。

ってことは、うーん、シュールレアリスム？

ってことは、「かっこいい」だ。

がんばってなんとか「かっこいい」まで辿《たど》り着いた。

だが、それで終わりではない。

生ハムをメロンから剝がして食べたい、という誘惑との戦いは壮絶だ。

しかも、この挑戦には終わりがない。

新しいものは次々に現れる。

思い返すと、初めてブロッコリーをみたとき、小学生の私は思った。

「このカリフラワー、緑だ！」

初めてレアチーズケーキを食べたとき、中学生の私は思った。

「乳臭い！」

初めてヴィシソワーズを飲んだとき、高校生の私は思った。

「冷たい！」

でも、それらの言葉を私はぐっと飲み込んだ。

緑で乳臭くて冷たいのが「かっこいい」のだ。

そして、オープンマインドオープンマインドと唱えながら、飲んだり食べたりし続けた。

その結果、今ではこれらの食べ物のことが好きになった。

私の世界は広がった。

残る課題は生ハムメロンと安室奈美恵だけだ。

安室さんの曲に合わせて踊りながら生ハムメロンを食べる日は来るのだろうか。

食の世代差

前回、私は書いた。最初はよくわからなくても、「かっこいい」と感じるものを受け入れているうちに、その良さがわかるようになってくることがある。だから、わからないなりに安室奈美恵のダンスを眺め続け、生ハムメロンを食べ続けることが大切だ、と。
自分とは全く世界がちがう、とてもついていけない、と思っても、落ち着いて考えてみれば、案外そうではないことも多いのだ。
例えば、若者たちがズボンをずり下ろして穿《は》いている姿をみると違和感を覚える。気持ち悪いなあ、と思う。だが、これを生理的嫌悪と決めつける前に、念のために彼らの真意を確認してみることにする。
ほ「どうしてそんな風に穿くの？」
若「恰好《かっこ》悪いからです」
ほ「え？　恰好良いと思ってやってるんじゃないの？」
若「はい」
ほ「どうしてわざわざ恰好悪くするの？」

若「恰好悪いのが恰好良くて、恰好良くする方が恰好悪いんですよ」

話がズレまくってるようで、そうでもない。その感覚はわかる。我々が若い頃からあった。だから、わざとぼろぼろのジーパンを穿いたりしていたのだ。さらに遡れば、弊《へい》衣破帽《いはぼう》のバンカラ的風俗にまで行き着くのだろう。旧制高校の学生たちは、新品のマントをわざわざ汚して、帽子を踏んづけてから身につけていたというじゃないか。

時代とともに現れ方が変化しているだけで、底を流れている感覚自体は、そんなにちがっているわけではないと思う。同じ人間同士、話せばわかるのだ。

だが、その信念が揺らぐ日が来た。ひとりの若者に「好きな食べ物は何？」と尋ねて、「わんこ蕎麦です」という答が返ってきたのである。

ほ「わんこ蕎麦？」

若「はい」

ほ「普通の蕎麦は？」

若「特には」

ほ「好きじゃないの？」

若「ええ」

ほ「どうして、わんこ蕎麦がいいの？」

若「リズムですね」

リズム……。食べ物を好きな理由が「リズム」ですか。それは、ちょっと、僕らの頃はなかったなあ。そう思って、ぐらぐらする。どんなにがんばって、安室奈美恵のダンスを何百時間眺めても、所詮私にはああは踊れないのかもしれない、という不安が兆《きざ》す。

さらなる追い打ちをかけたのは、若者の隣にいたガールフレンドの答だ。

ガ「私はエアー系かな」

ほ「へ?」

ガ「マカロンとかメレンゲとか」

ほ「ああ、軽い、食べ物?」

ガ「はい、空気っぽいの」

ほ「落雁《らくがん》とかカルメ焼きとかマシュマロとか和三盆糖とか」

ガ「ちょっとちがうのも混ざってるけど、まあ、そうです」

うーん。甘辛いって言葉はあるけど甘軽いか。「リズム」とか「空気っぽさ」とか、食べ物について考えたことなかったなあ。

動揺しながら、私は別の意味でショックを受けたやりとりを思い出す。数年前に或る男性と話したときのこと。彼は云ったのだ。

「戦争が終わって初めて砂糖ってものを舐めたとき、本当にびっくりしました。そんな味のものは食べたことがなかったから。そしたら、周りの大人たちが教えてくれたんです。それが『甘い』だよって」

日本って物凄い国だなあ、と思う。だって、「甘い」を知らなかったおじいさんと「わんこ蕎麦」の男の子と「エアー系」の女の子と私がひとつのエレベーターに乗って、おんなじレストランに行ったりするんだから。

私のラーメン

トッピングというシステムが一般的になったのは、いつ頃のことだったろう。昔はそんな言葉はなかった。

例えば、ラーメンなら味噌か醤油か塩のなかからひとつを選ぶだけでよかった。あとは、せいぜいチャーシューメンにする、という選択肢があるくらい。

でも、時は流れた。状況は変わった。二十一世紀のラーメンにおいては、誰もがトッピングを視野に入れなくてはならない。

そして、つくるのだ。他の誰のとも違う、私だけの、私らしいラーメンを。

そう思いながら、トッピング用のメニューを眺めると、奇妙なプレッシャーに襲われる。味玉、海苔、チャーシュー、コーン、わかめ、メンマ、もやし、バター……。

このなかのどれを。どんな組み合わせで。

わからない。自分の望みがわからない。麺の上に、私はいったい何を載せたいんだろう。

それならいっそのこと、男らしく何も載せなければいい。

その通り。

昭和の昔なら安らかな気持ちでそうすることができた。

でも、今やトッピング時代。

載せられるものを載せないというのは、なんだか、損をするように思えてしまうのだ。損は嫌だ。さまざまな「私のラーメン」たちに混ざって、ひとりだけただのラーメンは心細い。

その結果、どうなるか。焦った私は「スペシャル」とか「特製」を選んでしまう。つまりは「全部載せ」のことだ。

これは正確には選んだとはいえない。選ぶことを放棄して、しかし、損だけは回避したのである。

弱虫。それで本当に私らしいラーメンといえるのか。その「スペシャル」を、胸を張って「私のラーメン」と呼べるのか。

全てをトッピングしたラーメンはゴージャス。だが、そこには美意識が感じられない。私の味がしないのだ。

でも、私らしさを追求するのは簡単ではない。本当の私がラーメンに何を望んでいるのか。自分でもよくわからないのだ。欲望のフォーカスの困難。

そういえば、と思い出す。以前観た『新世紀エヴァンゲリオン』というアニメーションのなかに、登場人物たちがラーメンを注文するシーンがあった。

エヴァンゲリオン零号機パイロットの綾波レイが頼んだのは「にんにくラーメン、チャーシュー抜き」。

がーん、となる。いかにも彼女らしい。「チャーシュー抜き」＝マイナスのトッピング。美しい。

ところが、後にきいたところでは、あれは声優の林原めぐみさんによるアドリブだったとのこと。もともとの台本には違うラーメン（確か「海苔ラーメン」だったか）が書かれていたのを、咄嗟の判断で変えたのだ。

そこまで役柄にシンクロしていたのか、と驚嘆する。ラーメンを頼む一瞬、心の綾波が叫んだのだ。違う。それは「私のラーメン」じゃない。

その声をきき取って、瞬時に正しいラーメンを頼むとは。なんて凄いんだろう。

私には私の心の声がきこえない。

本人なのに。

でも、いつまでもこのままではいないつもり。

先日、ラーメンを食べていて、ふと気がついたのだ。

もやし……。

もしやこいつは麺と食感的に相殺してないか。もやしはぱりぱり。麺はつるつる。おまけに海苔やチャーシューやコーンに比べて、外見も麵と似ている。麵だと思って嚙んだら、もやしの束だったこともある。

そのとき、霧が晴れるようにひとつの道がみえてきた。

「私のラーメン」にもやしはいらない。

凄いブロッコリー

先日、若い女性編集者のMさんと打ち合わせをしたときのこと。

M「連載、いつも読んでます」
ほ「どうもありがとう」
M「ブロッコリーとカリフラワーの話に驚きました」
ほ「どうして？」
M「ほむらさんは、小学生のとき、初めてブロッコリーをみて『このカリフラワー、緑だ！』ってびっくりした、って書かれてましたよね」
ほ「うん」
M「私はずっと逆だと思ってたから」
ほ「逆？」
M「初めてカリフラワーをみたとき、凄いブロッコリーだな、って思ったんです。白くてゴツゴツで」

え？　と思う。
それから、しばらく考えて、私は云った。
ほ「わかった」
M「なんですか？」
ほ「Mさんは初めて麦茶を飲んだとき、なんて爽やかで凄い烏龍茶《ウーロン》だ、って思ったでしょう？」
M「え？」
ほ「でも、本当は逆なんです。Mさんが生まれる前の日本には、カリフラワーと麦茶しかなかった」
M「……」
ほ「僕らはブロッコリーのブの字も知らなかった」
M「はあ」
ほ「ところが、或るとき、外国からブロッコリーと烏龍茶がやってきた。両方ともヒットしました。それはいいんだけど、彼らがあまりにも広く受け入れられたために、キャラがかぶるカリフラワーと麦茶の存在感が薄くなってしまった」

Ｍ「キャラ……」
ほ「ええ、だから、Ｍさんのような若い世代は、必然的に人生の初期においてまずブロッコリーと烏龍茶に出会うことになる。そして、それがスタンダードだと思ってしまう。事実、二十一世紀の日本においてはそうです」
Ｍ「はあ」
ほ「で、その後で、今やすっかり脇役に回ってしまったカリフラワーと麦茶に、或る日ひょっこり巡り会う。結果、そっちの方に新鮮なインパクトを感じる、という逆転現象が起きているんです。一般的知名度の逆転による認識の倒錯です。Ｍさんは、吉本隆明のことをばななちゃんのお父さん、って思ってるでしょう？」

私は一気に喋って満足だった。
が、反論がきた。

Ｍ「吉本隆明は読んでたし、麦茶も凄い烏龍茶って思いませんでした」
ほ「え」
Ｍ「『言語にとって美とはなにか』」
ほ「う」

M「♪ミネラール、む、ぎ、ちゃ」
ほ「うーん」

急に自信がなくなってきた。

麦茶が烏龍茶よりも、吉本隆明がよしもとばななよりも、昔から活躍していたのは確かだ。

その点でMさんと私の認識にズレはない。

でも、じゃあ、カリフラワーとブロッコリーは。

私の記憶違いで、本当はブロッコリーの方が先にあったのかなあ。

宇宙人のメニュー

レストランのメニューを眺めながら、楽しく考える。
飲み物はこれ。前菜はこれ。パスタはこれ。
メインはどれにしようかな。
「牛の頬肉のなんとか」か、おいしそうだな。
「骨付き豚のなんとか」、これもいい。
おっ、「子羊のなんとか」、これにしようかな。
だが、さらにその下に目をやったとき、一瞬、ぎくっとする。
「乳《ち》飲《の》み子牛のなんとか」
うーん、これはちょっと、と思いつつ、私は脳内で言葉に詰まる。
この感じはなんだろう。
反射的に、残酷と思ったのだ。
そんな自分に驚く。
だって、「牛の頬肉」や「骨付き豚」や「子羊」のことは、おいしそうって思ってたじゃないか。

なのに、突然、残酷ってどういうことだ。

ちがいと云えば「乳飲み」ってところだけ。そんなの理由にならないよ。残酷っていうなら、最初から全てが残酷なのだ。

たぶん、「乳飲み」って表現にまだ慣れていないだけなのだろう。だって、実質的には「子羊」と「乳飲み子牛」の間には、どれほどのちがいもないのだから。

もう少し時間が経って、何度もメニューのなかで「乳飲み」の文字に出会って見慣れてくれれば、おいしそう、と感じるようになるにちがいない。思えば「骨付き」のときもそうだった。これだって相当な表現である。要は慣れの問題なのだ。

そのとき、不意にひとつの想像があたまに浮かんだ。

或る日、地球に宇宙人がやってくる。

どきどきしながら見上げる我々の頭上に浮かんだ巨大な宇宙船から、自動翻訳装置を通じて、友好的な口調のメッセージが流れ出す。

その言葉は、アメリカ人の耳には英語に、中国人の耳には中国語に、フランス人の耳にはフランス語に、ロシア人の耳にはロシア語に、そして、日本人の耳には日本語にきこえた。

美しい地球の皆さん、こんにちは。

我々はグルメ星からやってきたグルメ星人です。

仲良くしてください。

我々は皆さんのことが大好きです。

だっておいしいもん。

我々の星には皆さんのようにおいしい動物はいませんでした。

特に乳飲み子は柔らかくて最高ですね。

どうもありがとう。

太ってください。


全世界が騒然。な、な、なんて残酷な奴らだ。にこやかにとんでもないこと云いやがって。ゆるさん。徹底的に戦うぞ。

でも、と思う。メニューのなかに「乳飲み子牛のなんとか」をみた瞬間の「ぎくっ」のなかには、勿論はっきり意識したわけじゃないけど、このような宇宙人の言葉に対して、我々が倫理的には全く反論できないって感覚が含まれていたんじゃないか。

おそろしい。

いや、でも、まあ、なんだ。

たぶん、来ないよ宇宙人。

遠いから。

もし、来ても、ベジタリアンかもしれないし。

という理屈で自分を納得させて、私は今日もレストランに行くだろう。

そんな私も、お肉屋さんの看板などに、にこにこ笑っている豚や牛の絵が描いてあるのをみると、うーん、と思う。

これはないだろう。

ここには、せめて、にこにこしている「我々」の絵を描くべきじゃないかなあ。

好きな食べ物は？

雑談などの折りにしばしば訊かれることがあって、それがわかっていながら、毎回即答できない質問というものがある。

その1　好きな異性のタイプを芸能人で云うと？

なかなか、これ、という答が思いつかない。そんなに難しい質問ではない筈なのに、何故か気楽に答えることができない。映画や小説の作中人物なら幾らでも挙げられるのに、「芸能人」ってところがハードルになっている。あんまりミーハーでも嫌だけど、妙に狙いすぎた答もちょっと、などと複雑な自意識が働くのだ。一瞬、口籠《くちご》もったあとで、藤圭子とか、森下愛子とか、高橋恵子とか、答えてたんだけど、最近では彼女たちを知らないひとも増えてきたから、そろそろ新しい答を考えないといけない。

その2　好きな食べ物は？

　これも、うーん、と迷う。お寿司も焼肉もお蕎麦も、全部おんなじくらい好き。でも、それって、あんまり面白い答じゃないなあ、と思ってしまう。別に面白くなくてもいいんだけど、それらの食べ物は私に限らず、多くのひとが普通に好きだろう。もっと、自分が特別に好きなものを答えたい。アンチョビとかニンニクとかの味も好きなんだけど、メジャーからいきなり細かいところに飛び過ぎというか、好きな食べ物を訊かれて真っ先に「アンチョビ」ってのもなあ。

　以前、或る女性の詩人にこの質問をしたところ、こちらの問いかけに重なるように「イクラ」と即答されたことがある。「さすが」と思った。何がさすがなのか、よくわからないけど、その選択とあまりの迷いの無さに詩人っぽさを感じたのだ。こういうそのひとっぽい答え方に憧れる。ひとつの食べ物を即答する練習をしようかな。ウニ。ウニ。ウニ。ウニ。

　などと、いろいろ迷った挙げ句に、結局「菓子パン」と答えている。たぶん、今日までに食べた菓子パンの数は世界人口の上位五％に入るだろう。だが、話はそこで終わらない。「どんな菓子パン？」と必ず訊かれる。ここで「餡パン」と答えると、なんとなく、つまらなそうな顔をされることが経験的にわかっている。こちらも申しわけないような気持ちになる。もっと喜んで貰えることが云いたい。サービス精神というか、見栄というか。で、最近の答は「和三盆ロール」。これだと、みんな嬉しそうな顔をするので、こちらも嬉しいのだ。

その3　今まで食べたなかでもっとも変わったものは？

これも困る。蝗《いなご》とカエルとカンガルーは食べたことがあるんだけど、どれも想像の範囲内で、質問者にインパクトを与えられなくて悔しい。

過去にきいたなかで、いちばんびっくりしたのは、初対面の女性の答で「蟻《あり》」というものだ。

ほ「蟻ですか……」
女「はい」
ほ「蟻をどうやって？」
女「そのまま」
ほ「そのまま」
女「普通につまんで」

目の前の女性が蟻をつまんでひょいっと口に入れるところを想像する。
うーん。
ほ「ど、どんな味ですか」
女「酸っぱいですよ。蟻酸《ぎさん》かな」
その言葉に奇妙な興奮を覚えた。

パンか、御飯か

おいしいパンとチーズとワインがあればそれで幸せ、というひとがたまにいる。いや、けっこういるのかな。先輩のRさんもそんなひとのひとりだ。

いつだったか、彼がパンの魅力について語ってくれたことがある。それがあまりにもおいしそうだったので、明日の朝は絶対パン屋に行って焼きたてを買おう、と決意した。

そのやりとりの最後に、私は訊いてみた。

ほ「じゃあ、今から死ぬまで、パンか、御飯か、どちらかしか食べちゃ駄目って云われたら、Rさんは当然……」

R「あ、それは御飯」

つんのめる。おーい。あなたはおいしいパンとチーズとワインがあればそれで幸せじゃなかったのですか。

R「幸せなのはそうだけど、でも、この先一生御飯が食べられなかったら、こわいよ」

なんか、わかるような気もする。日本人の血だろうか。御飯信仰。おそろしい。

人間の本当の心は、やはりぎりぎりまで追い詰められないとわからないのだろう。寝る前などに、私はこの「今から死ぬまで、●か、▲か、どちらかしか食べちゃ駄目って云われたら」という二者択一を自問自答することがある。予め考えておけば、いざってとき、即答できる。それに普段は曖昧な自分の本当の心を知ることができるのだ。

問＝パンか、御飯か。
答＝御飯。
理由＝御飯が食べられないと、鮨、カツ丼、鰻重、チャーハンなどが全滅になってしまうから。

問＝蕎麦か、饂飩《うどん》か。
答＝蕎麦。
理由＝蕎麦の方が好きだから。なんなら、蕎麦のなかでも「鴨《かも》せいろ」しか食べないって条件を加えてもいい。その代わり「冷やしキツネ饂飩」だけは食べていいことにして貰えないだろうか。もともとそのふたつばっかり食べているのだ。

問＝西瓜か、マンゴーか。

答＝マンゴー。

理由＝マンゴーは一昨年から食べ始めたからもっと追究したい。一方、西瓜は子供の頃からずっと食べてきたから、その思い出だけを胸に生きていけそうだ。

問＝カレーライスか、ラーメンか。

答＝ラーメン。

理由＝いずれも人気メニューだが、ハヤシライスとかビーフシチューとか、カレーライスには親戚っぽい食べ物があるから。ラーメンにもフォーとか汁ビーフンとかあるけど、それらでは代替不可能な何か＝ラーメン魂のようなものが宿っていると思う。いや、唯一無二の魂はカレーの方にこそ宿っている、という反論もあるかもしれないが、私にはそれを感じとることができない。昔からカレーに対する感度が鈍いのだ。西洋人の顔を見分けられない東洋人のように、ハヤシライスもビーフシチューもボルシチも、まあまあカレーに思える。

などとあれこれ考えているうちに、じりじりとハードルが上がってゆく。暗闇のなかで自問自答が厳しさを増してゆくのだ。

問＝肉か、魚か。

答に詰まる。うーん、うーん、うーん、魚、かなあ。肉よりも種類が豊富だから。でも、そうしたら焼き肉もステーキも生姜焼きも二度と食べられないのか。確かに種類とかバリエーションとかでは魚に負けるけど、動物的な欲求のど真ん中を充たしてくれるのが、肉の魅力なんだよな。それが死ぬまで食べられないなんて。悲しい。悲し過ぎる。

いや、食べられる。だって、今までの全ては仮定の二者択一だもん。現実の僕はこれからも食べていいんだ。肉も、魚も。好きなだけ。そう思ったときの喜びは、おそろしい夢から覚めた朝のようだ。

夢の食堂車・その1

担当編集者であるYくんと打ち合わせ中に、こんなことを云われた。

Y「たまには取材に行きませんか」

ほ「取材？」

Y「はい。ほむらさんに二年以上連載を続けて戴いてますけど、一回も取材に行ってませんよね」

ほ「取材費なんてあるの？」

Y「正式にいくらって決まってるわけじゃないけど、食についての連載をしていると取材というのはよくあるものなので。ところが……」

ああ、と思う。

食についてのエッセイと云っても、私の場合は、「もしも地球人を食べる宇宙人が円盤に乗ってやってきたら」とか、「もしも今から死ぬまで、パンか、御飯か、どちらかしか食べちゃ駄目って云われたら」とか、小学生が寝る前に蒲団のなかで考えるような空想をそのまま書き綴っているだけなのだ。取材費が発生するわけがない。全部脳内の出来事なんだから。

Ｙ「たまにはいいと思うんです。夏だし」
ほ「夏……」
Ｙ「食に関して、何かありませんか。食べてみたいものとか、つくってみたい料理とか、行ってみたい場所とか、やってみたいこととか」

うーん。何かあっただろうか。地引き網、とか別に引きたくないし、村のお婆さんたちに混ざっておはぎづくり、とか別にしたくないし、渡米してホットドッグ早食い、とか想像しただけで顎が割れそうだ。
どうしよう。何でもいい、と云われると、意外に思いつかないものだ。うーん、うーん、うーん。と、そのとき、閃くものがあった。

ほ「あ」
Ｙ「なんですか」

ほ「食堂車に乗ってみたいな」
Y「食堂車！」

食堂車、なんて素敵な響きなんだろう。

私は小田急の昔のロマンスカーについていたという「走る喫茶室」の生写真をもっている。ウェイトレスの制服が可愛い。それから、戦前の満州を走っていた伝説の特急「あじあ号」の食堂車の絵葉書だってもっている。

また数年前には、オーストリアのリンツからザルツブルクへ向かう電車のなかで、実際に食堂車に乗った。車窓を流れる山、湖、動物たち。目の前には金色に泡立つビール。天国のようだった。

ところが、日本の食堂車には乗った記憶がない。正確に云うと、乗ったことはあるのに覚えていないのだ。あれはまだ小学生の頃だった。食堂車に向かおうとする両親に向かって、幼い私は懸命に訴えた。「鞄をもっていこうよ」と。自分たちの座席に荷物を残したまま行くのが心配だったのだ。でも、両親は笑って取り合わなかった。「心配しなくても大丈夫。さあ、行くよ」。

そのやり取りを確かに覚えている。でも、そこから先の、肝心の食堂車の記憶がない。なんということだ。たぶん、私は残してきた鞄が心配で、食堂車の料理や景色を楽しむ気持ちの余裕がなかったのだ。なんて悲しい子供なんだろう。

ほ「食堂車に乗ろう。取り戻すぞ」

Y「取り戻す？」

ほ「うん」

Y「何をですか」

思い出を。

夢の食堂車・その2

Yくんから電話があった。

Y「北斗星、予約できました」
ほ「北斗星?」
Y「食堂車付きの寝台特急です」
ほ「え?　それはどこまで行くの」
Y「札幌です」
ほ「ええ?」
札幌って、北海道じゃないか。
ほ「と、遠いね」
Y「はい。でも、食堂車って今ではもう殆ど残ってなくて、東京から乗れる電車だと北斗星かカシオペアだけなんです。どちらも寝台特急なので、乗ってると、必然的に北海道へ行くことになります」

寝台列車か。子供の頃にやはり一度だけ乗ったことがある。それに札幌は私が大学時代を過ごした町。なんだか、ノスタルジックな旅になってきたなあ。

二週間後、Yくんと私は上野駅のホームで北斗星を待っていた。周囲には、何故か野球帽を被った男性の姿が目立つ。家族連れもいるけど、子供よりもお父さんの方がテンションが高く、何かを熱く語っているのが特徴的だ。これが北斗星の魔力だろうか。

やがて列車がホームに入ってきた。

「撮影の皆さん、黄色い線の内側までお下がりください」

アナウンスもさすがって感じだ。

車体に記された「for Sapporo」の文字をみて、凄いなあ、と改めて実感する。ここ上野なのに札幌行きだよ。

わくわくしながら早速乗り込む。北斗星のB寝台はちゃんと個室になっていた。子供の頃に乗った寝台車は三段ベッドだった記憶がある。一番下が最も広くて、上に行くほど狭くなる。子供だった私は一番下に寝かせてもらった。真ん中がお母さん。一番上がお父さん。上から降りてきた父が「ほう、ここは天井が高い。ちゃんと座れる。良かったな」と云ったのを覚えている。なんだか、感傷的な気分が込み上げてくる。

それから、Yくんと一緒にロビー車に向かうことにする。大きな窓のある展望用の車《しゃ》輌《りょう》だ。北斗星は内装とか注意書きの文字とか、全体に昭和っぽい印象だけど、ここには液晶テレビとデジタル時計がある。

Y「すみません、食堂車のディナー予約がとれなくて。朝から窓口に並んだんですけど」

ほ「いや、ここで景色を見ながら食べるのも楽しいよ」

そう、北斗星のチケットはとれたけど、食堂車でディナーを食べるには、さらに予約が要るのだ。なんというハードルの高さ。それだけ人気があるのだろう。私はホームでみた野球帽のおじさんや三脚カメラのお兄さんや子供に語りまくっていたお父さんの姿を思い浮かべる。彼らと戦って予約を勝ち取るのは、いかにも難しそうだ。

Y「でも、ディナータイムの後は食堂車も自由席になりますから、是非行ってみましょう」

ほ「うん、楽しみだね」

運良くロビー車の席に座れた我々はビールで乾杯をした。私は駅で買った和牛ビビンバ弁当と餃子の包みを開けた。Yくんはなにやらサラダ的にカラフルな春巻弁当だ。これで足りるのかなあ、と心配になる。

ほ「それで大丈夫？　炭水化物が全然入ってないじゃん」

Y「あ、僕、もともと炭水化物はあんまり食べないんで」

へえ、と思う。さすがは平成の若者だな。米の飯を食わなきゃいざってときに力が出ないぞ、と反射的に思う私は昭和のおじさんだ。

車窓から景色を眺めつつ、餃子と春巻を交換したりして、あれこれと話をしながら北斗星の夜は更けていった。

夢の食堂車・その3

北斗星の食堂車がフリータイムになって、私たちも席に着くことができた。

これが憧れの食堂車か。

きょろきょろと辺りを見回す。

柔らかい灯と古そうな扉、そして降り注ぐクラシック音楽……、なんだか懐かしい雰囲気だ。

けれど、今は紛れもない二十一世紀。

その証拠に、注文を取りに来たウェイトレスさんのエプロンの胸には、こんな文字が書かれていた。


「Suica使ってね」


はーい、使ってます。

Yくんと相談して、生ビールと牛タンスモークとおつまみセットとケーキセットをオーダーする。

おつまみセットは笹かまぼこと煮玉子という謎めいた組み合わせ。

テンションが上がってるせいか、全てが楽しくおいしく感じられる。

窓の外を夜が流れてゆく。

でも、ここはこんなにも柔らかい光に充ちている。

そのとき、食堂車の秘密が少しだけわかった気がした。

それは時間の可視化だ。

窓外を流れる景色に包まれながら感じるのは、Yくんも自分も他のお客さんもウェイトレスも、全員が轟々《ごうごう》と流れる巨大な時間のなかにいるということだ。流れゆく命の時間のなかで、今、こうやって、私はYくんと一緒に笹かまぼこを齧っている。

これって仙台の名物だっけ、などと云い合いながら。

勿論、日常生活のどんな瞬間も本当は同じように生きている筈なんだけど、ここまではっきりと時間を感じることはない。

食堂車は私たちに巨大な命の砂時計の存在を教えてくれる。

これが飛行機のなかの食事だと、不思議なことにそこまで生々しくは知覚することができない。

たぶん、スピードが速すぎるというか、窓の外の景色が流れなくて、時間が体感できないからだろう。

嗚呼《ああ》、夜が流れてゆく。

明るく、暖かく、幸福なのは、「今ここ」だけだ。

楽しい食事を終えて、私たちはそれぞれの自室に引き上げた。

部屋の灯を消して、ちょっと迷ってから窓に足先を向けて横たわる。

外をときおり光が走る。

きらっ、きらっ、きらっ。

ぼんやりと眠りを待ちながら、ふと「幸福行きの切符」のことを思い出す。

あれは昭和四十年代だったろうか。

北海道のローカル線に「幸福」という名前の駅があって、そこ行きの切符をお守りのように持つのが流行《はや》ったのだ。

前年は七枚しか売れなかった「愛国―幸福」間の切符が、その年は七〇〇万枚以上売れたとか。

実家の引き出しかどこかを探せば、キーホルダーになった切符が今もある筈だ。

Yくんは知らないだろうなあ。

まだ生まれてなかったんだから。
眠くなってきた。
明日、目が覚めたらもう北海道だ。
「幸福」駅ってまだあるのかな。
眠い。
眠っている間も列車は、時間は、進み続ける。
きらっ、きらっ、きらっ。

飲食の歌

私はふだん新聞や雑誌にある短歌欄の選者をしている。そこに投稿されてくる沢山の歌をみているうちに、それぞれの作者の力とはまた別に、詠《うた》われているテーマによっても作品の成功率がかなり違ってくることがわかってきた。例えばこれは昔から云われていることでもあるが、孫の歌は面白くない、という法則がある。頭の中が「可愛い」で一杯になってしまってそれ以外の見方がなくなってしまうのだ。それから旅の歌、有名な観光地を詠った作品もたいてい失敗している。初めてピサの斜塔をみたひとの感想なんて大体似通ってしまうのだ。逆に最も成功率が高いのは、飲み物と食べ物についての歌だと思う。誰もが毎日繰り返していながら、ひとりひとりが微妙に違うことを考えている。幾つか紹介してみたい。

夕食はウナギに決めたと妻が言う内緒で昼間食した我に　長谷川哲夫

どきっ、としただろう。「妻」が気づいているわけではなくてたぶん偶然、なんだけど、だからこそ逆に怖ろしい。大袈裟《おおげさ》に云うと、世界はいつもこんな感じの不意打ちに充ちているように感じる。天上から神様が見張っていて、あ、こっそり「ウナギ」なんか食べやがって、ちょっとおどかしてやろう、と思ったような。

死してなお励めとばかりに墓前《はかまえ》に供えられたる栄養ドリンク　両角博守

お墓にユンケルとかが置いてあったのだろう。故人が生前好きだったお酒を供えるのは変ではない。なのに、故人が生前よく飲んでいたユンケルを供えるのは凄く変。「栄養ドリンク」は生者のための飲み物だってことがよくわかる。味が好きなんじゃなくて、みんな生きるために無理矢理飲んでいるのだ。「死してなお励めとばかりに」が悲しくも可笑《おか》しい。

ちょっとまてそのタイミングじゃないでしょう八宝菜のうずらのたまご　チヲ

「うずらのたまご」を食べる「タイミング」のことですね。いつ食べようがそのひとの自由なんだけど、あまりにも自分と違うと思わずダメ出ししたくなる。「八宝菜」の他の具にはそういう気持ちは起こらないから、やっぱり「たまご」って特別なんだ。

柿ピーのピーが好きなるそのピーがこの頃減ったような気がする　菅沼貞夫

内容は限りなくゼロに近いんだけど、歌の魅力は決して内容だけじゃないってことがわかる。なんというゆるさ、そしてリズムの面白さ。「柿ピー」だから、素直に「ピー」と呼んでるだけなのに。

底暗くぐらぐら何を煮込めるか分からぬが怖い人んちのシチュー　村田一広

子供の頃、「人んち」で食べ物を出されると、びっくりするようなことがよくあった。カレーに鯖《さば》が入ってたり、おやつが生卵だったり。でも、反対に友達は僕んちの麦茶を飲んで絶叫していた。砂糖入りだったから。僕は僕んちしか知らないからそれが普通だと思い込んでいただけで、普通なんてどこにもないらしい。この歌の「シチュー」が効果的なのは、スープよりも鍋よりもなかに何が入ってるかわからない感じが強いからだろう。

紙パックに口つけて飲む牛乳が荒涼としてうまい真夜中　池田典恵

「荒涼としてうまい」という倒錯した感覚がいい。「真夜中」に「紙パック」から直《じか》に飲むと、確かにこんな感じがする。同じ直飲みでも、「アルプスの少女ハイジ」でペーターが山羊のお腹の下に滑り込んで飲んでいたお乳とは大違いだ。

切り口はハサミがなくても切れるのにハサミのマークが印刷される　**本多真弓**

これは正確には食べ物の袋とは限らないんだけど、ほんとだなあ、と深く納得。云われるまで全く気づかなかった。でも、指のマークがあったらもやもやした気持ちになるから、やっぱり「ハサミのマーク」にするしかないんだろう。

ラーメンの謎

どうして潰《つぶ》れないんだろう、と思う店がある。

通りがかりに覗くと、いつも店内はがらがらで、お客さんが入っているところをみたことがない。なのに、ちっとも潰れる気配がない。ただ、どこまでもさびれてゆくだけ。不思議だ。

子供の頃、近所の商店街のテーラーなどによくそういうお店があった。大人たちの噂話によると、そこのご主人はアパートの大家さんで、お店は趣味でやっているから儲からなくても大丈夫らしかった。しかし、世の中の潰れないお店のひとが全員アパートの大家さんというのも妙な気がする。

最近では、それがアンティークショップなどの場合、このお店は宣伝用の看板みたいなもので、きっとインターネットの取引がメインなんだろう、と思うようになった。お客さんの姿のない店をみるたびに、ははーん、ここもインターネットだな、と納得するのである。

しかし、それでもなお説明がつかないことがある。

例えば、私の住んでいる町には、やたらとラーメン屋さんが多い。ここ数年で十軒以上増えて、今では少なくとも三十軒くらいはあると思う。快速電車も止まらない駅にしては、多すぎじゃないか。

こんなに密集していて、どうして潰れないんだろう。いや、それ以前に、ラーメン屋だらけの町に、どうしてさらにラーメン屋をつくろうと思うのか。住民の側からいうと、他のお店、例えば饂飩屋さんは一軒もないから、そっちをつくってくれた方がありがたいのだ。しかし、何故かラーメン屋が出現する。

新しく工事をしているから、何ができるのかなと楽しみにしていると、必ずラーメン屋。十メートル以内に三軒もあるところにまたできる。どんどんできる。そして、潰れることなくやっているらしいのだ。これは前述の考え方では説明のつかない現象だ。だって、インターネット取引がメインのラーメン屋なんてないでしょう。

ひとつのエリアに同じ種類のお店が集まっているというのも、それが古本屋とかならまあわかる。一軒に入ったついでに隣の店にも、そのまた隣の店にも入ろうかな、と思うからだ。神保町が典型だが、古本屋街であることが逆にアピールポイントになるわけだ。

でも、ラーメンはついでに隣の店でも食べていこうか、ということにはならない。だって、もうお腹はいっぱいなのだ。それでも札幌とか博多とか喜多方とかなら、ラーメン横丁みたいな場所もあり得るだろう。でも、こちらは土地の名前のつくような有名なラーメン地帯ではないし、そもそもわざわざ観光客が来るような町ではないのだ。

それぞれのラーメン屋についていえば、確かにお店ごとにそれなりの特色があるとは思う。極太麺とか、あごだしとか、トッピングが豊富とか、残ったスープでおじやをサービスとか。しかし、ラーメンはラーメンだ。インド人のカレーのように毎日食べられるというものではない。

それでも、彼らは潰れない。どんなにさびれていても潰れない。ショーウインドーのなかの蠟《ろう》細工のラーメン見本に埃《ほこり》が積もっていても、丼からズレていても、隅っこの方にあかべこが転がっていても潰れない。不死身なのだ。

そして先日、凄いものをみてしまった。そんなラーメン通りでラーメン屋たちに囲まれたお蕎麦屋さんの店外メニューをなんとなく眺めていたら、そこにラーメンという文字があったのだ。蕎麦屋にラーメン。ショック。

これって、逆効果じゃないのかなあ。私なら、メニューにラーメンがある蕎麦屋は敬遠するよ。でも、そのお店も潰れない。ラーメン屋に囲まれながら、今日も元気にラーメンを売っている。

ラーメンって一体なんなんだろう。超自然の力に守られた食べ物か。

王様メニュー

レストランなどでメニューをぱらぱらと開く。そこに並んでいる文字や写真をみながら、瞬間的に脳のなかで取捨選択が行われる。その結果、一部のメニューは意識から弾き出されて「ない」ことになる。一部のメニューとは、自分が注文する可能性がほぼゼロに近いものたちだ。

例えば、グラタン。別に嫌いじゃないけど、特別食べたいと思ったことがない。レストランで頼んだのは生涯でたぶん三回くらいだろう。でも、不思議なことに、いつみてもちゃんとメニューに載っている。私が食べないからといって、この世からなくなるわけではないのだ。どこかの誰かが頼み続けているらしい。そのひとは一体どんな顔をしているんだろう。

その一方で、激しく注文する食べ物がある。メニューにそれがあると目が吸い寄せられる。他にもいろいろあるよ、どれもおいしそうだよ、たまには頼んでみようよ、という心の声に頷きながら、しかし、目は一点に釘付け。そいつの存在感があまりにも大きいために、どうしても引力圏から脱出できない。他のメニューをあたまに思い浮かべることさえ難しい。ああ、まただ、またこれを頼んでしまう、と思いながら結局は誘惑に負けて注文してしまう。

そんな私にとっての王様的なメニュー。具体的には、生姜焼き定食。お蕎麦だったら、鴨せいろ。このふたつを無視するのは、通学のバスのなかで片思いの女の子にちらっとも目を向けないのと同じくらい難しい。

だから、たまたま入った食堂に生姜焼きがなかったり、蕎麦屋に鴨せいろがなかったりすると、がっかりしながらも、どこかほっとしている自分に気づく。これでカキフライ定食が、とろろ蕎麦が、食べられるぞ。本当はきみたちのこと、大好きなんだ。王様メニューがないところでだけ、そんな風に自分の気持ちを告白することができる。逆にいうと、王様がいる限り、心は縛られたまま。それほど王の力は強いのだ。

だから、私は生姜焼きがあるのに肉野菜炒め定食を頼んでるお客さんをみると、ひとごとながら心配になる。いいのかな、気づいてないいんじゃないか。教えてあげようか。

ほ「あの、生姜焼き定食、ありますよ」
客「え」
ほ「生姜焼き……」
客「あ、ほんとだ」

ほ「だから、は、は、はやく、注文を」
客「あ、そうだ。すみませーん、やっぱりさっきの取り消しで、生姜焼き定食にしてください。まだ間に合いますか」
店「はい、大丈夫です」
客「（ほっとする）」
ほ「（ほっとする）」
客「ありがとうございました。危ないところでした」
ほ「いえいえ、とんでもない。お互い様です。あとから生姜焼きに気づいたらショックですもんね」
客「全くです。お陰で助かりましたよ」
ほ「いや、実はあなたが私の生姜焼きをみて、がーんとなるところをみたくなかったんですよ。いいなー、うらやましいなー、という目でみつめられたら食べにくくって困りますからね」
客「じゃ、半分は自分のためでもありますね」
ほ「ええ」
客「はははは」
ほ「はははは」

美しい友情の成立だ。その証に互いの生姜焼きを一枚ずつ交換して食べた。というのは嘘。全て空想の話である。実際には声をかけたりしない。我慢する。何故なら、彼の王様メニューが生姜焼きかどうかわからないからだ。まず大丈夫とは思っても、万一ということがある。生姜アレルギーとか。

今年の夏に大学の特別講義をしたとき、十人くらいの女子学生とランチを共にする機会があった。そのとき、全員の前に運ばれてきたのが生姜焼き。あ、やっぱり、と思った。こんなに人気があるなら、生姜焼き定食屋ってどうだろう。二十種類の生姜焼き定食を出すバラエティ豊かなお店だ。メニューを開くところを想像する。うわー。悩むだろう。迷うだろう。何度も注文しては失敗を繰り返すだろう。でも、或る日、私はとうとう最高の生姜焼きを発見する。王様のなかの王様の誕生だ。

電子レンジと私

電子レンジがなんとなくこわい。あの中に入れたものがどうして温かくなるのか、わからないのだ。火にかけたミルクが沸くのはわかる。火は熱い。触れないくらい熱いものだから、その熱が伝わって温まるのだろう。でも、電子レンジはどうして。レンジの中も熱いのだろうか。作業中は扉が開かないから、手を入れて確かめることはできない。「ヴー」といってる間、ガラス越しにじっとみつめても、中で何が起こっているのかはっきりしない。凄いことが起こっているような、何にも起こっていないような。

チーンと鳴ったとたんに扉を開けて、さっと手を入れても、カップのミルクだけがちんちんに熱くなっていて、「空間」には熱を感じない。火と違って電子レンジ本人はクールなまま、ただその中に入れたものだけをごぼごぼ泡立つほど温めてしまうのだ。その無表情な仕事ぶりに理由のない不安を覚える。

クールで無表情で仕事ができる電子レンジは確かに格好いい。でも、焚《た》き火のように、とは云わないまでも、少しぐらい感情表現があってもいいんじゃないか。唯一の反応である「ヴー」って声はこわいし。

「電子レンジっていうのは日本の呼び方で、英語名はマイクロウエーブ・オーブン。つまり、マイクロウエーブによって分子を振動させることで温めるんだよ」

いつだったか、友人がそう教えてくれた。彼はエンジニア。理科系の人なのだ。でも、私は歌人。一〇〇〇年前から続く日本一文系な職業だ。

ゆえに「マイクロウエーブ」とか「分子を振動」とか云われると、ますます不安になってしまう。電子レンジが理科系の外国人のように遠い存在に思えてくるのだ。

あいつめ、と思う。厚い扉の奥でいったい何をしてるのかと思ったら、分子とか振動とか、マイクロとかウエーブとか、そんなことをやっていたのか。「ヴー」がこわい理由がわかった気がする。あれはマイクロウエーブによって無理矢理振動させられる分子たちの呻《うめ》き声だったのだ。

だが、理科系で外国人な電子レンジは、味方につければ頼もしい奴でもある。特に料理というものが全くできない私にとっては。

今日も真夜中のキッチンで私は電子レンジの「あたためスタート」ボタンを押す。他のダイヤルやボタンには一切触れない。「出力」とか「時間」とか、使い方がよくわからないのだ。「あたためスタート」を押すと、一定時間分一定出力で勝手に温めてくれる（らしい）のだ。

チーンといったら扉を開けてモノに触ってみる。ぬるかったらもう一度「あたためスタート」だ。「ヴー」の間中、私は電子レンジの前で見張っていて、ミルクやパンや焼きおにぎりが希望の温かさになるまで、「あたためスタート」ボタンを猿のように繰返し押す。ときにはいきすぎてミルクが溢れてしまうこともあるけど、そのときは仕方ない。目的地がたまたま「あたためスタート」と「あたためスタート」の中間の、「急行が止まらない駅」だったのだ。

電子レンジで温めたミルクをふうふう飲みながら、ふと思う。火で温めたミルクと電子レンジで温めたミルクは「全く同じもの」なんだろうか。この手の中のミルクは「めちゃくちゃ分子が振動させられたミルク」。そんなの飲んで大丈夫なのか。私も振動しないだろうか。

心配性の私とは違って、或る知人は大胆なことを云っていた。

「お豆腐をレンジにかけてチンするだけで、おいしい湯豆腐のできあがり」

料理音痴の私はびっくりして、え、ほんと？と訊いた。でも、その言葉に彼女は応えず、ただ静かに微笑むのみ。クールで謎めいたその表情は、まるで電子レンジの精のように美しく、思わず手が伸びそうになる。「あたためスタート」

あとがき

穂村 弘

食べ物とその周辺についての文章をまとめた本です。

料理に関心のあるひとが読む雑誌に連載した（というか、今も継続中）ものだけど、そういう意味では全く参考になりません。

料理についての記事やレシピの間に挟まった、学校でいうと「休み時間」みたいな頁だから。

こうして「休み時間」だけを集めると、どうなるんだろう、「日曜日」？

そういえば今日は日曜日。

大きな余震もなく、暖かい一日でした。

東京の桜はもうほとんど散っています。

近所のお蕎麦屋さんに行ったんだけど、なんだか旅先にいるような不思議な気持ちになりました。

蕎麦好きだった杉浦日向子さんの名作『東のエデン』を読みながら、鴨せいろを食べました。

「近況知らせて下さい。声を聞かせて下さい。では、今日はこの辺でさようなら」
（杉浦日向子「たのしいくらし」『東のエデン』所収より）

ベターホーム協会の藤井直子さん、伊丹淳子さん、執筆の機会をありがとうございました。楽しかったです。

ＮＨＫ出版の山北健司さんには「きょうの料理ビギナーズ」連載中からいろいろなアイデアをいただき、単行本化まで大変お世話になりました。どうもありがとうございました。

二〇一一年四月一七日（日）

追記

文庫化にあたって文藝春秋の山口由紀子さんにお世話になりました。また本上まなみさんに素晴らしい解説をいただきました。ありがとうございました。

二〇一八年一二月一〇日（月）

解説

本上まなみ

「わあ、生ハムメロン」「ほう、ヴィシソワーズ」「え、ウィンナーシュニッツェルってなんだ?」「ファルファッレ、ポルチーニ、バルサミコ酢!」「フォアグラやトリュフやキャビア!」……

あの料理この料理を思い浮かべてうっとり、食べたいなあ……よだれがちゅるー、はっいかん……なんて本ではありませんでした。

読み進んでも、いっこうに私のお腹はぐーと鳴らない。右記の単語は確かに出てくるのに。けれどどんどんページをめくってしまう。

不思議なごはん本です。

《私には自分の鼻や舌に全く自信がないのだ》

なんて、穂村さんは冒頭から威張って(あわてて?)宣言しています。美食家でも大食漢でもない著者の、限りなく個性的(というか相当にへんてこ)な食生活の記です。

虫が湧いたお米のカレーライスのお話とか、ヨーグルトにシリアルを入れて食べ出し、途中ヨーグルトがなくなったので援軍として牛乳を足して食べるという「ぐだぐだヨーグルト」のお話とか、死ぬ前に最後に食べたくなるものが「子供の頃駄菓子屋で食べたクッピーラムネ」とか……。

これらのエッセイ、初出がすべて料理雑誌だそうで、それ自体が、ある意味すごい挑戦だなと思います。

穂村さんの『世界音痴』（2002年、小学館）を初めて読んだとき、回転寿司の話のくだりで、

《実はさっきからウニが食べたいのだが、食べたいものを云うのがためらわれる。そうかあいつはウニが食べたいのか、とその場の全員に知られるのが、恥ずかしいのである》

という文に驚いたものです。

それのどこが恥ずかしいのでしょう？　私はウニが食べたいときは「ウニください」と言う。コハダのときは「コハダ」と言い、おいしかったら「もうひとつ」とおかわりし、おなかが空いているとき声はやや大きくさえなる。でも、そうじゃない人もいるのですね。お寿司屋さんのカウンター席、私の隣にそんなことでウツウツと思い悩んでいる人、恥ずかしがっている人がいるかもと想像すると、ちょっとぞわ、とする。

余談ですが、思い返してみて私が個人的に恥ずかしかったのは、家族でピザハットに行ったとき、祖父が「餃子！」と大声で注文したことくらいでしょうか。こういうのは

穂村さん、恥ずかしがらないんだろうなあ。

　ウニと言えない人は、自分の欲望のありかがバレるのがいやなのでしょうか？　無防備な自分を見られることを恐れているのか。弱みを握られたくない？　プライドが高い男子なのでしょうね。でも「ウニが欲しいことは黙っとく」ことで守られるプライドって、なんだ？

　この『世界音痴』の本のカバー、回転寿司を凝視する穂村さんの写真は、「回転よ、止まれ！」と念じていると聞きました。へんな人。

ただ確かに、食べものを前にしたときの人間って無防備ですよね。

たとえばテレビ番組で出演者が試食をするとき、いつも以上に注目してしまうのは、単に私が同じ業種だから、というだけではないような気がします。

　食べる行為は、人間がよりくっきり映し出される。そこが好きなんです。

　豪快そうなキャラクターのあの方、意外と上品にお箸を使うのね。端正な顔立ちの人だけど、食べ方は意外と子どもっぽいのね、なんて新鮮な発見が楽しい。コメントも「甘い」「やわらかい」「おいしい」は普通だけれど、それ以外の、おもしろい表現、言葉が出てきたとき、はっとさせられます。魅せられてしまう。実際にその方にお会いしたことがなくても、内から出てきた正直な言葉、重ねてきた体験が、その人となりを立体的に見せてくれるのです。

人は食べているときにスキができる。私はそういう人間らしいふるまい、仕草を見るのが大好物であり、だからこの穂村さんの、言ってみればスキだらけの本にとても惹かれるのでしょう。

身近な場面で考えてみても、人が誰かと「食事でも」と言って会うのは、いっしょにおいしいものを食べて、貴重な時間を共有して、お互いをもっと知り合いましょうということですよね。デートのお食事はその最たるものでしょう。

ずっと昔ですが、私、こんな短歌をつくって、穂村さんに△をつけてもらったことがあるんですよ。

「これまでに三たび食事を共にして大根サラダが好みとわかる」（……へっぽこですみません）

いっしょに食べれば食べるほど人柄がわかります。この本の魅力は、読者が穂村さんといっしょに食事をしたり、ごはんやおやつ談義をしている、コーラやジュースの思い出話をしてる、そんな気にさせてくれるところにあります。

本書には著者と誰かのやりとり、食を巡るコミュニケーションの愉しいさまが溢れ返っています。みんなそれぞれ育ってきた環境、年齢がちがうのですから、お互い「えっ？」って思うことはたくさんある。穂村さんの短歌論的にいえば、共感も驚きもいっぱい用意されているのです。

お好み焼きのタネはもっと混ぜるものだった。

牛乳はコップで飲まないとおいしくない。

目玉焼きにポン酢。

チェルシーはヨーグルト味がいちばんださい。

御飯かルウのどっちかが冷たいカレーが好き。

……等々。穂村さんの発見や、思い込み、反省はいちいち角度が急で、極端です。読むうちに、常識と非常識が入れ替わってくる。

ベッドで菓子パン？

お皿は裏は洗わない？

徳島では亡くなったひとのお骨を遺族が食べる？

店長がひとつひとつ丁寧に口に入れてはまた出したパンでございます？

穂村さんの脳内の（逆ソムリエの）声も響いてきて、あれ？　これでいいんだっけ、こっちが普通なんだっけ？　そもそも普通ってなんだっけ？　なんて、感覚が次第に麻痺してくるのがわかります。

歌人としてのご活躍、絵本作家や翻訳家としての一面、鮮やかに的を射る評論者としての一面、そのどれとも違う部分がエッセイでは爆発しています。実のところご本人はいつお会いしてもシュッとしてるのに、なぜだかエッセイのなかの穂村氏はぐずぐず悩んで不器用でどこかズレている。おびえたふり、弱いふり、シャイなふりが（にくらしいくらいに）上手だなあ。けれど、ときどきしれっとして平気そうな、ずぶとい面もある。堂々としているときもあって、なんともミステリアスな存在です。

現実と妄想がゆるやかに繋がり、私たちを「言葉」というツールで、どこでもない場所へと導いていくこれらのエッセイ。平凡な私の発想なんて易々と飛び超えていく、きわめて特殊で、ミラクルな体験をすることができる一冊です。

ところで、「17年ぶりの新歌集」として出た穂村さんの四冊目の個人歌集『水中翼船炎上中』（２０１８年、講談社）。タイトル通りそれはもうスタイリッシュで洗練された、きらびやかなホムラワールドなのですが、今回気になって「食べもの」の短歌を拾ってみたところ……意外にもけっこうあるのです。

コンビーフはなんのどういう肉なのか知ろうとすれば濡れた熱風
スパゲティとパンとミルクとマーガリンがプラスチックのひとつの皿に
意味まるでわからないままぱしぱしとお醬油に振りかける味の素
魚肉ソーセージを包むビニールの端の金具を吐き捨てる夏
マグカップのごはんに玉子かけている運動会の声が聞こえる
ナタデココ対タピオカの戦いを止めようとして死んだ蒟蒻

めくるめくコトバたち！　ノスタルジックでユーモラス、荒っぽいようなクールなような不思議の世界に魅了されます。ああ、けれどやっぱり見事にお腹はぐーと鳴りません。

そう簡単に「食べもの」となかよくなろうとはしない、させない、穂村さんこそが「逆ソムリエ」なのかもしれませんね。

昔、夫婦でのイタリア旅行がお互い重なって、ミラノで合流するという、なんとも洒落て聞こえるシチュエーションがありました。誘い合って夜、リストランテへ。英語のメニューをしげしげと見ていた穂村さんが、

「アッラディアボラ、これって悪魔だよね。悪魔風……これ気になります」

と、ぼそりとおっしゃいましたっけ。

穂村さんは言葉をむしゃむしゃと味わう人なのだな、とその時、感じました。

「悪魔風」って辛いんですよ、ってことは黙っておきました。

（女優・エッセイスト）

文春文庫

君《きみ》がいない夜《よる》のごはん

定価はカバーに表示してあります

2019年2月10日　第1刷
2021年4月25日　第3刷

著　者　穂《ほ》村《むら》　弘《ひろし》
発行者　花田朋子
発行所　株式会社　文藝春秋

東京都千代田区紀尾井町 3-23　〒102-8008
TEL　03・3265・1211㈹
文藝春秋ホームページ　http://www.bunshun.co.jp

落丁、乱丁本は、お手数ですが小社製作部宛お送り下さい。送料小社負担でお取替致します。

印刷・凸版印刷　製本・加藤製本

Printed in Japan
ISBN978-4-16-791229-1